Orgia dos loucos

VOZES DA ÁFRICA

Ungulani Ba Ka Khosa

Orgia dos loucos

kapulana

São Paulo
2016

Copyright©1990 Associação dos Escritores Moçambicanos (AEMO) – Moçambique
Copyright©2002 Alcance Editores – Moçambique
Copyright©2016 Editora Kapulana Ltda. – Brasil

A editora optou por manter a ortografia em vigor em Moçambique, observando as regras do Acordo Ortográfico da Língua Portuguesa de 1990.

Direção editorial:	Rosana Morais Weg
Assistência editorial:	Bruna Pinheiro Barros
Projeto gráfico e capa:	Amanda de Azevedo
Direção de produção:	Carolina da Silva Menezes
Diagramação:	Daniela Miwa Taira
Ilustração de capa:	Mariana Fujisawa
Ilustrações:	Mariana Fujisawa

Dados Internacionais de Catalogação na Publicação (CIP)
(Câmara Brasileira do Livro, SP, Brasil)

Khosa, Ungulani Ba Ka
　Orgia dos loucos/ Ungulani Ba Ka Khosa; [ilustrações Mariana Fujisawa]. -- São Paulo: Editora Kapulana, 2016. -- (Série Vozes da África)

　ISBN 978-85-68846-20-9

　1. Contos moçambicanos 2. Literatura africana I. Fujisawa, Mariana. II. Título. III. Série.

16-08324　　　　　　　　　　　　　　　　　CDD-869.3

Índices para catálogo sistemático:
1. Contos: Literatura moçambicana　　869.3

2016

Reprodução proibida (Lei 9.610/98).
Todos os direitos desta edição reservados à Editora Kapulana Ltda.
Rua Henrique Schaumann, 414, 3º andar, CEP 05413-010, São Paulo, SP, Brasil.
editora@kapulana.com.br – www.kapulana.com.br

Apresentação
07

Orgia dos loucos: Moçambique sem saída de emergência
por Vanessa Ribeiro Teixeira
09

O prémio
19

A praga
25

A solidão do Senhor Matias
41

Fragmentos de um diário
51

A orgia dos loucos
61

Morte inesperada
71

O exorcismo
83

A revolta
95

Fábula do futuro
103

Glossário
105

Vida e obra do autor
109

Apresentação

Chega ao Brasil, pela editora brasileira Kapulana, *Orgia dos loucos*, obra composta por nove narrativas de autoria do consagrado escritor moçambicano Ungulani Ba Ka Khosa.

O livro foi publicado pela primeira vez em 1990, pela Associação dos Escritores Moçambicanos. Portanto, uma obra moçambicana com 26 anos de idade e que continua a impressionar os leitores pela atualidade dos temas tratados e pela maestria com que o autor trata esses temas.

Ungulani não poupa o leitor. Partos e mortes caminham juntos em um roteiro de dor, angústias e aspirações tortuosas. A cada narrativa, somos levados a conviver com as personagens, a sentir o que elas sentem, a ver o que elas veem, a sofrer e a sonhar junto com elas. O leitor é impelido para dentro de cruéis enchentes, secas devastadoras, devaneios e alucinações em que animais, fantasmas e gentes compartilham os mesmos momentos.

Ao final da leitura e das releituras do livro, sentimo-nos como personagens de uma viagem, e não como espectadores diante de uma obra de arte, tal a maneira como Ungulani nos conduz pelas tramas tecidas por ele.

A Editora Kapulana agradece a Ungulani Ba Ka Khosa por nos ofertar obra literária tão importante para o leitor brasileiro. A presente edição brasileira dos contos de *Orgia dos loucos* é resultado de uma revisão cuidadosa por parte do autor.

A Editora Kapulana agradece ao Prof. Francisco Noa, que nos apresentou Ungulani Ba Ka Khosa; à prefaciadora Vanessa Ribeiro Teixeira e à ilustradora Mariana Fujisawa.

São Paulo, 08 de outubro de 2016.

Orgia dos loucos: Moçambique sem saída de emergência

Vanessa Ribeiro Teixeira
Doutora em Literaturas Portuguesa e Africanas (UFRJ)
Professora do Programa de Pós-Graduação em Humanidades,
Culturas e Artes da Universidade Grande Rio (UNIGRANRIO).

Orgia dos loucos, de Ungulani Ba Ka Khosa, publicado em 1990, funciona como um caleidoscópio vertiginoso sobre a realidade de Moçambique nas décadas que se seguiram à Independência. A obra, composta por nove contos, ficcionaliza as experiências de homens e mulheres marcados pela escassez, pela guerra, pelo aviltamento da cultura endógena, pela distopia. Deparamo-nos com uma série de escritos aparentemente desconexos, mas que logo se revelam profundamente dialogantes sob uma importante perspectiva: tudo parece estar "fora da ordem".

"O prémio", conto que abre o livro, focaliza os princípios de uma política assistencialista, que tem data, hora e local para se fazer presente, e retrata o desespero de uma jovem mulher na sua tentativa de adiar o parto iminente, vislumbrando as benesses destinadas aos primeiros nascidos de Junho, o emblemático mês da Independência, a despeito das urgências do corpo e da nova vida que se anuncia. Do mar à terra firme, da terra ao rio, a fome e a morte são a herança de uma família. O infortúnio se torna regra, entrecortado por raros lampejos de calmaria e fartura. Esses são os elementos norteadores de "A praga". Por sua vez, a sensação de um tempo parado, alimentado por uma rotina tão decadente quanto inalterável, dá o tom de "A solidão do Senhor Matias". O velho comerciante branco, reduzido aos limites de sua propriedade em ruínas e à convivência com seu velho empregado negro, amarga a impossibilidade de reencontrar o caminho do mar, rumo à Europa, visto sua alma ter sido amarrada à terra que ele mesmo ajudou a violentar e explorar.

A solidão também "sorri" para a vida de Dolores, protagonista das linhas dispersas de "Fragmentos de um diário". A narrativa, tecida em primeira pessoa, abre-nos as portas da intimidade diária de uma mulher que, através de suas reflexões, potencializa a sua presença, mesmo quando ausente. A personagem, suicida e homicida, é reconduzida à vida através do discurso e traduz sua existência numa frase: "A vida é uma estupidez, uma anedota permanente, uma passarela de esquizofrénicos." (p. 55). Tal declaração surge como mote para o desenrolar da trama de "A orgia dos loucos", conto que dá nome ao livro. A realidade que se anuncia é tão avessa à ideia de humanidade, que só um estado alterado de consciência poderia com ela conviver. Por entre os escombros de seres que, um dia, foram homens, um jovem procura por seu pai. O corpo do mais velho está vivo, mas a vida não existe mais: "Ninguém está vivo. Estamos mortos. Somos espíritos angustiados à porta duma sepultura decente." (p. 68)

A solidão e a morte, a solidão da morte, são experiências extremamente democráticas entre os espaços moçambicanos, desde os grandes centros urbanos até às recônditas províncias do interior. É o que "Morte inesperada" e "Exorcismo" comprovam. No primeiro conto, a modernidade mal gerida, representada por um elevador num país subdesenvolvido, vitima mais um homem.

A imagem da cabeça a ser esmagada pela máquina alegoriza a força das estruturas de poder que se impõem cotidianamente, esmagando corpos e esperanças. Já em "Exorcismo", as bases do poder castrador são estremecidas pela insurgência de forças sobrenaturais e veem-se obrigadas a ceder espaço a um saber ancestral, evocado quando o filho de um administrador local desaparece misteriosamente e seu corpo só é devolvido pelas águas após uma sequência de rituais classificados como "obscurantistas". A cristalização dessa lógica de poder ganha colorações satíricas nas linhas de "A revolta", quando um governante é tomado pela cólera ao deparar-se com uma folha de jornal onde sua foto estava estampada e "borrada por excrementos de desconhecida origem". Diante da pergunta "Eu sou merda?", o povo permanece calado. Apesar dos homens, o Homem e a Natureza resistem. Eis a mensagem do último conto, "Fábula do futuro", que, numa narrativa articulada em três parágrafos, aponta para alguma esperança nos dias vindouros, inspirada pela constância democrática da natureza.

Em *Orgia dos loucos*, todos os passos parecem caminhar para o fim, realidade sugerida, aliás, na recorrência de imagens e processos escatológicos que tecem os contos. Paradoxalmente, a experiência caótica do fim dos corpos, fim dos homens, fim do mundo, aponta, pela própria essência cíclica da vida, para a construção de outros começos.

Rio de Janeiro, 12 de outubro de 2016.

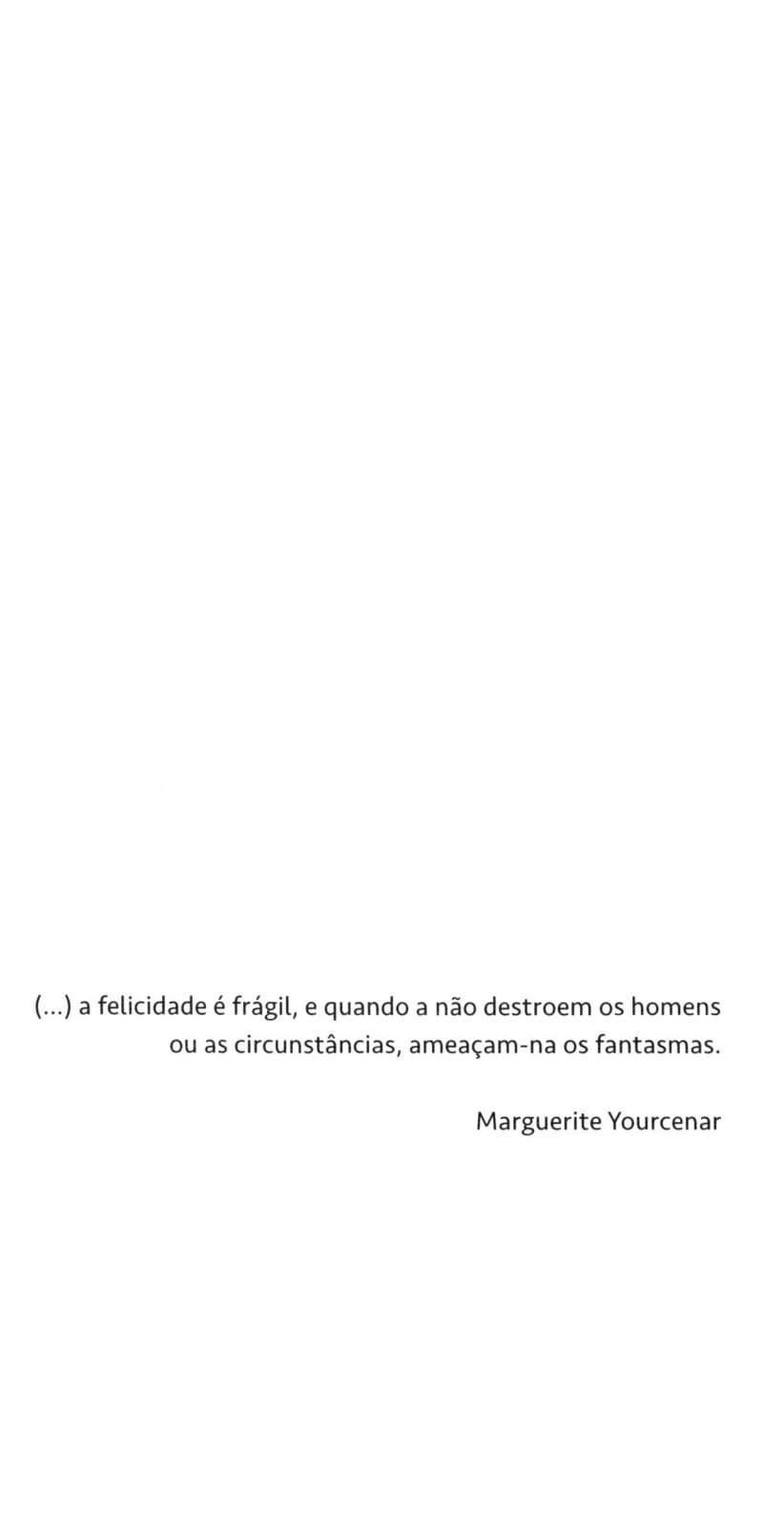

(...) a felicidade é frágil, e quando a não destroem os homens ou as circunstâncias, ameaçam-na os fantasmas.

Marguerite Yourcenar

No meu país
a única forma de liberdade permitida
é a loucura

Jorge Viegas

A
todos nós,
vítimas da nossa condição.

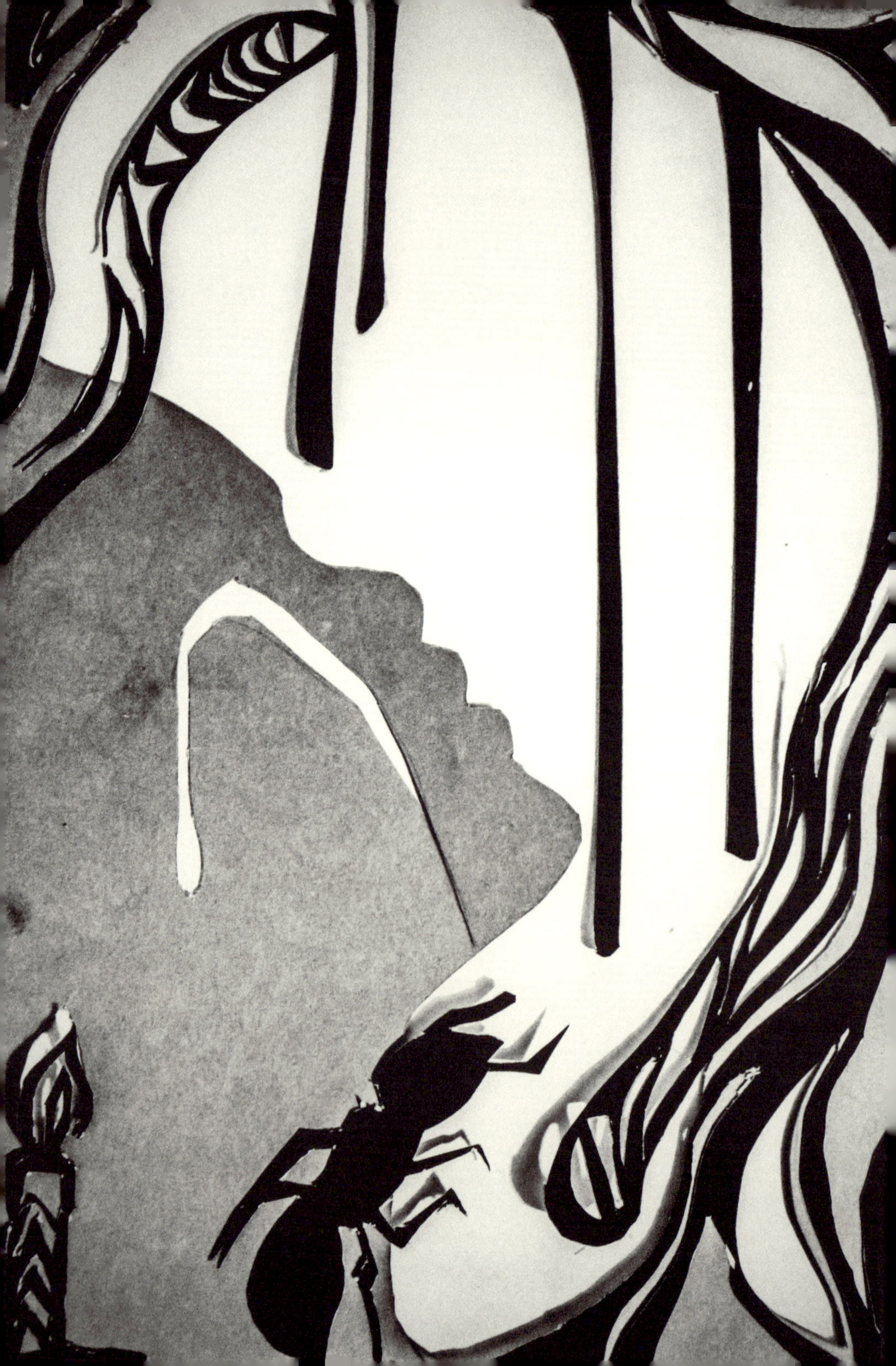

O prémio

Os olhos vagam pelo quarto. As mãos sobem e descem pelo ventre em movimentos contínuos e desordenados. As coxas abrem-se ao ritmo de camaleões sem idade. A cama range. Os lençóis dobram-se, tomam a forma de serpentes na muda interminável, colinas em planícies do fim dos tempos, vales pré--históricos, cordilheiras da idade dos dinossauros. A dor evolui. Transpira. Morde os lábios. Sufoca o grito. Não pode gritar, tem que aguentar. Cerra os dentes, agarra os lençóis com os dedos empapados de suor que escorre pelo corpo como formigas emergindo dos casulos, desses poros que crescem e tomam a dimensão de grãos de milho esparsos em campos sem dono. As formigas percorrem o corpo, sobem e descem pelas coxas, trepam as colinas, atingem o cocuruto, descem, dançam, brincam e atiram-se ao rosto. Fecha os olhos. Não suporta a dor, a imagem, não pode gritar. Tem que aguentar. Dobra as pernas, estende as mãos, põe-se de lado, volta a olhar o teto, cerra os dentes, agarra lençóis, puxa-os à cara, tapa-se. As formigas desaparecem misteriosamente e os poros voltam a tomar a dimensão de todos os tempos, vertendo incessantemente o suor que vai caindo em gotas enormes sobre os lençóis. Ela sente o som, o baque contínuo, perpétuo. E imagina, imagina tudo. Vê a menina da infância brincando aí no campo, alheia a tudo até ao momento em que ouve o silvo mortal da serpente que se aproxima, veloz, mortífera. A menina para, não consegue mexer-se, está paralisada, e nada ouve a não ser o baque contínuo, incessante, do coração. Depois é a menina crescida, a adolescente dos seios túrgidos, a aproximar-se do namorado naquele dia fatal de todas as coisas do mundo nos segundos inolvidáveis. E o baque, o som de sempre, a incomodá-la a elevar-se, a sobrepor-se a todos os sonhos, a encher o quarto, a sufocá-la, a fazê-la morder os lábios, a levitá-la do mundo das coisas e a atirá-la ao espaço onde tudo se sente e nada se consegue contar.

Não pensa e foge da imagem, tenta pensar na mãe. Não consegue. A dor nada deixa imaginar. Abre os olhos. Volta à realidade do quarto. Olha para os lençóis empapados de suor: fios de água caem no parquete, como que vindos de cascatas doentias e sonolentas. Tenta soerguer-se. Os dedos vergam, espalmam-se nos lençóis. Os cotovelos abrem sulcos no colchão, e o suor vai-se acumulando. A dor cresce. Cerra os dentes. Não consegue mais.

— O que foi, querida? — pergunta o marido, preocupado, ao entrar no quarto.

— Nada, João. Não foi nada.
— Queres que te leve?
— Que horas são?
— Dezassete e trinta.
— Ainda é cedo. Deixa-me só, João.
— Está bem, querida.

O marido sai. Fecha a porta. Ela olha para a janela nua. Vê o dia a tornar-se triste. Ouve o ruído dos carros e motorizadas passando. As pessoas conversam. Riem. E ela ali, naquele quarto simples, olhando para a cama, para o colchão roto, sujo, para os lençóis empapados de suor, para o guarda-roupa sem cabides, para as paredes nuas, para a lâmpada fundida, para as teias de aranha e para a sua solidão, enquanto espera que as horas passem, sentindo o suor nas axilas, nas coxas, nas pernas, nos braços, nas mãos, no corpo inteiro. As horas passam. A luz da avenida vai entrando no quarto sem cortinas em fiados leves e contínuos. E ela olha, sente-se calma. Leva as mãos à cabeça, os dedos percorrem as lianas que se cruzam, emaranhando-se. A mão direita limpa o rosto cheio de suor. O marido entra, pergunta à mulher se pode meter a lâmpada da sala no quarto. Ela diz que não, mas pede uma vela e um copo de água. O marido sai. Ouvem-se passos no corredor que leva à cozinha. A torneira verte água. Coloca a vela sobre a cadeira e entrega o copo à mulher.

– Por que não pediste água gelada ao vizinho, João?

– Esqueci-me. Mas vou lá pedir.

– Não vale a pena.

– Já te sentes bem?

– Não me faças perguntas, João. Deixa-me só!

Ao sair o marido sente os sapatos a escorregarem. O chão estava coberto de suor. Um mar de suor. Lagos de suor. O quarto transformara-se num mar de suor que se ligava aos lagos por canais sem margens. A luz da vela refletia-se nas águas onde filas de baratas tentavam salvar-se nadando desordenadamente.

– Queres que limpe o chão?

– Não me chateies, João.

Abre e fecha a porta. E ela fica só, a olhar para a vela a arder, a cera a cair, a espalhar-se, a secar. As paredes começam a emudecer. O suor vai subindo. A luz da vela vai criando imagens. A dor recomeça. Deita-se, leva as mãos ao ventre. Tenta virar-se. Não consegue. Volta à posição da morte.

Soergue-se. Olha para as paredes. Vê mãos gigantes, rostos de feiticeiros, movimentos de camaleões, serpentes em

desespero, gatos miando, pernas de símios gigantes. Duas baratas trepam as paredes. Aproximam-se. Juntam-se. Fornicam. Fecha os olhos. É a primeira e última vez, mãe. Não mais! Não quero mais! Não posso! Não aguento, mãe! Chora. As lágrimas saem, percorrem o rosto contristado, desaparecem. Começa a contorcer-se. Os gestos repetem-se. Grita.
— Vamos!
— Já não aguento. Que horas são?
— Vinte e duas.
— Traz-me o vestido azul.
Tenta soerguer-se. Os braços vergam. O rosto contrai-se. As pernas tremem. O marido ajuda-a a sair da cama e a vestir-se. A vela deixa de iluminar o quarto. Pés gigantes separam as águas, criam ilhas onde os sobreviventes se acoitam, contemplando os afogados que se perdem nas águas salgadas, iluminadas em pontos fixos por fiapos de luz da avenida. Saem do quarto. O marido fecha a porta. Caminham para a sala. Atingem a varanda. A mulher vomita. O vómito espalha-se. A luz do corredor concentra-se no vómito verde. Os olhos brilham, saem das órbitas. O marido ampara-a, tira um lenço do bolso, limpa os lábios da mulher.
— Vamos.
— Não limpas o chão?
— Virei limpar.
O marido entra na sala. Ela ampara-se à parede e continua a vomitar. Um líquido amarelo sustém-se nos lábios como estalactites brilhantes em cavernas impenetráveis. Limpa os lábios. O marido limpa o chão. Depois descem os dois andares que os levam à rua. Um vizinho aproxima o carro. Ela senta-se no banco de trás. Não consegue ver a noite, a beleza dos noctívagos, as

conversas de nunca acabar, as mulheres que circulam pintadas, as cores da noite. Nada vê a não ser corredores extensos, paredes brancas, azuis, ferros, lâmpadas. Ouve gritos, choros. Tudo se modifica. Algo se aproxima. Névoa. Gritos. Aranhas. Tarântulas. Répteis. Paredes brancas, azuis. Gritos. Choros. Ferros. Camas. Batas. Outro mundo.
— A senhora teve uma criança bonita — ouve. Uma voz distante aproxima-se. Começa a tomar consciência. Vê paredes brancas. Vê camas com lençóis. Vê batas brancas e azuis. Vê mulheres deitadas. Vê o dia a nascer. Os olhos tomam a dimensão do espanto. Está viva. Olha para a enfermeira. Uma negra atarracada, gorda, sorridente.
— Teve um rapaz, senhora.
— E o prémio?
— O prémio?... Qual prémio?
— O prémio. O...
— Ah! O enxoval para crianças... Não. A senhora não ganhou. O prémio é para as crianças que nasceram nas primeiras horas do dia 1 de Junho. O seu filho nasceu às onze horas e cinquenta e cinco minutos...
Sombras. As imagens começam a fugir e a transfigurarem-se. A enfermeira toma o rosto de uma feiticeira. O sorriso é de uma torcionária. Névoa. Tudo a desaparecer. O tempo perdido, mãe. O tempo perdido... A cabeça enterra-se na almofada. O mundo começa a girar, a mudar de posição. É uma criança bonita, ouve uma voz distante, longínqua... As lágrimas saltam dos olhos, correm pelos lençóis, soluça, desmaia.

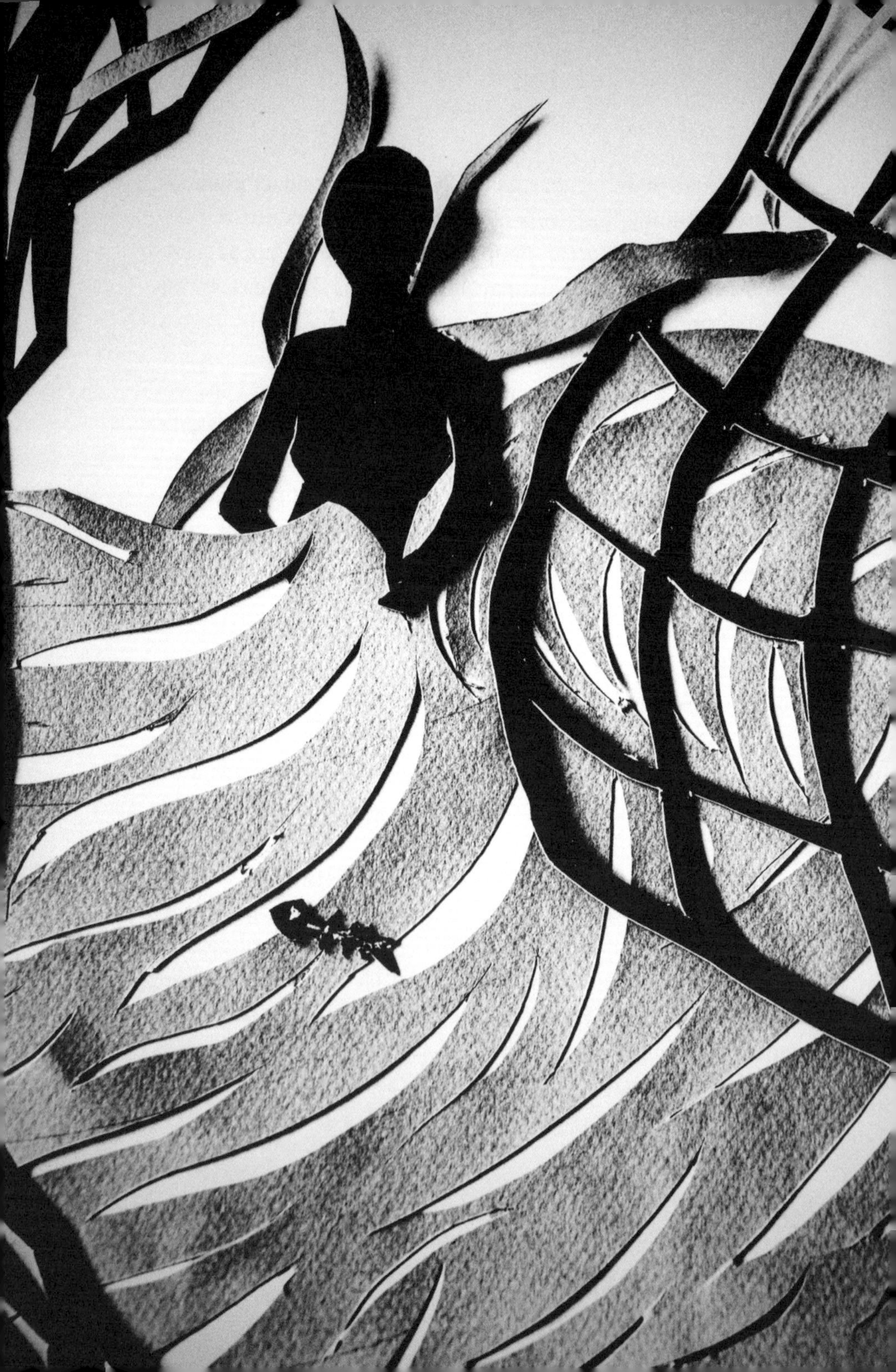

A praga

Sonhou com o mar. Viu-se a correr sobre a areia branca sob o olhar da lua que atirava os raios às águas, às ondas, às areias e às árvores que se agitavam, dando à noite uma beleza nunca vista na sua curta e atribulada vida, pois desde que nascera no meio das águas do mar, por entre as ondas revoltas que acompanhavam o estertor da mãe que se atirava para um e outro lado do barco, a infelicidade abraçara-o de tal modo que o pai sentiu-se dorido a partir do momento em que vira a mãe contorcendo-se de dores, gritando, chorando, e, como todos os homens em tais situações, sentiu-se incapaz de a ajudar, limitando-se a pedir infrutiferamente aos espíritos antigos e recentes para esconjurarem o mal que os tocara e dessem vida à mulher que gemia e chorava, e à criança que devia nascer em terra firme como toda a criança do mundo, pois nunca se vira por estas terras tsongas uma mulher parir no meio das águas, nessas águas onde os espíritos malignos emergem e os homens de bom porte a elas se atiram com intuito único de aprenderem o segredo das águas, da terra e dos céus durante anos e anos, emergindo depois no meio do tantã ensurdecedor que os acompanha à casa onde homens de desgraças várias, a ela se dirigem para curarem os seus males de séculos e retirarem para todo o sempre as escarpas da maldição e da morte, tal como aquele desgraçado que foi fulminado por um raio em pleno dia de sol ardente e, para surpresa de todos os mortais, bastou que os familiares o levassem ao homem que veio do mar e este retirasse a crosta queimada com o facalhão de evisceramento dos peixes de grande porte para que o infeliz voltasse a ver a luz do dia e sorrisse a toda a gente, afirmando ufanamente que estivera no reino das trevas e jamais voltaria a morrer. Sou imortal como os espíritos que vagam pelas noites sem fim, e a partir deste momento, dizia, sou homem de ditar a morte a qualquer ser que se atrever levantar a mão à minha pessoa. E para vos mostrar tal poder, vereis que antes de nascer a lua o homem que lançou o raio terá o corpo podre e falará durante o enterro, expiando os seus males e implorando aos homens sãos para que o salvem da morte, coisa que ninguém fará, porque aos feiticeiros nunca se deu e jamais se dará a oportunidade de voltarem a ver a luz do dia pela segunda vez. Mas estes e outros pensamentos que povoavam a mente do homem na prece desesperada depressa fugiram, e os olhos esbugalhados voltaram à realidade nua e crua, e viu a mulher de pernas abertas e a criança emergindo por entre as coxas, não com a cabeça primeiro, como milhares de crianças, mas com os pés, como se em terra firme quisesse pisar, e como não houvesse tal espaço sólido a criança esperneou de tal modo que o resto do corpo saiu por si do ventre da mãe que gritava e chorava, suplicando ao marido que a salvasse da dor, coisa que o homem não conseguia fazer, limitando-se a cortar o cordão umbilical que pendeu por entre as coxas da mulher até à morte, e tentar tirar o sangue que cobria o fundo do barco e que trepava pelo mastro, atingindo a vela branca, sem que o homem fosse capaz de limpar, e o mais que pôde foi conduzir o barco à pequena enseada onde acostou e retirou a mulher e a criança, estendendo-os na areia branca onde passaram a noite, acarinhados por familiares e amigos que trouxeram tudo o que era necessário para revigorar a saúde da mulher que ainda gemia e chorava, e a criança que passava horas a sorrir, tal como águas calmas do mar que lançam o sorriso prateado ao céu e à terra em dias de felicidade e angústia, como este dia aziago para o pescador que teve a primeira noite aflitiva da sua vida, passando-a a pensar na saúde da mulher e no filho que nasceu no mar, sem conseguir vislumbrar o enigma de tal facto que o roeu durante a noite e a manhã seguinte, passando horas intermináveis ao longo da praia, incapaz de decidir o que fazer até que lhe veio a luz, lá para o meio da manhã, e correu, levando a criança ao curandeiro que se limitou a afirmar que a criança devia ter o nome de Luandle, designação que o mar leva nestas terras tsongas.

Paz e alegria não houve na casa de Luandle. O pai, querendo apagar as marcas do infortúnio, ficou dois meses em terra, tentando tirar as crostas de sangue que cobriam o barco em toda a extensão com a certeza de que se se fizesse ao mar não mais voltaria a terra, porque os tubarões abocanhariam o barco, pensando que de carne humana se tratava. A mãe, sabendo que o cordão umbilical não mais voltaria ao lugar de sempre, limitou-se, durante as manhãs e as tardes, a sentar-se à frente da cubata, contemplando sem prazer as águas, a terra e o céu até à hora da morte que adveio num dia tão calmo e feliz que muitos não acreditaram que ela tivesse morrido, e foram necessários dois dias e duas noites de preces e choros para chegarem à triste conclusão de que a senhora já se fora deste mundo malvado que a todos leva sem explicação precisa, por vezes. E durante muitos e muitos anos não foram poucos os que se recordaram daquela morte serena e feliz.

Como todas as manhãs, a mãe de Luandle acordou sem sobressaltos, arrastou os pés para fora da cubata, aspirou o ar matinal, lavou-se, preparou a comida que o marido levaria, varreu a casa e os arredores, sorriu a uns vizinhos que passavam, trocou umas palavras com uma mulher madrugadora, falou com o filho já crescido, disse ao marido que preparava as redes que sonhara com pássaros gigantes que não conseguiam abocanhar os peixes que estavam à superfície durante duas manhãs e duas tardes, até que se fartaram e atiraram-se às águas, morrendo afogados, ao que o marido retrucou dizendo que o sonho era de bom presságio, sinal de que traria um peixe descomunal. A mulher olhou-o e nada disse. Foi ao lugar de sempre e esperou que o marido e o filho se fizessem ao mar.

Durante a manhã pôs-se a olhar demoradamente o mar, tentando encontrar o barco do seu homem no meio das velas enfunadas que cortavam as águas azuis que reluziam ao sol que caminhava no espaço sem nuvens. A meio da manhã dirigiu-se ao interior da cubata: tirou um bocado de peixe e farinha. Cozeu a farinha e assou o peixe. Às treze almoçou. Depois lavou o prato e a panela e deixou-se ficar à entrada da cubata, esperando que o seu homem regressasse. Palitou os dentes. Olhou para o mar, para o céu, para a terra, e reteve o olhar nos miúdos que brincavam entre pequenos arbustos que se estendiam ao longo da encosta. A meio da tarde duas nuvens cobriram o sol e ela sentiu ligeiras dores no ventre. Olhou para as coxas e viu o cordão umbilical a voltar calmamente à posição de sempre. Sentiu-se satisfeita. Tapou as coxas com a capulana e atirou os olhos ao sol que se desembaraçava das nuvens, sorrindo ela e o sol. A morte chegou-lhe calma e serena. Tinha as pernas dobradas. Tinha um sorriso de esperança nos lábios grossos. Tinha as mãos entrelaçadas, descansando entre as coxas, e o vento roçava as faces, os ombros, os seios, as ancas.

Nesse momento, Luandle puxava a rede. O pai ajudava-o, olhando para os pescadores que rumavam para a costa, satisfeitos. O sol descia. Luandle ria. O pai conduzia o barco à enseada de sempre onde acostou sem grandes dificuldades. Tiraram os peixes, dobraram a vela e a rede e caminharam em silêncio em direção à casa que ficava a pouca distância da enseada. Luandle aproximou-se da mãe e cumprimentou-a. Não teve resposta. Olhou demoradamente para os olhos e os lábios e não notou sinais de morte.

— Está a dormir — disse, virando-se para o pai que se acercava, arrastando a rede. O pai tocou no rosto da mulher, passou as mãos pelos olhos, sentiu o corpo rígido, tremeu, e virou-se para o filho com o peso da morte no corpo.

— A tua mãe está morta.

Luandle recuou dois passos. Olhou para mãe, para o pai, para o céu, para as águas, para a terra, e o rosto contraiu-se. O sorriso foi-se. As pernas tremeram. Gotas de suor saíram dos sovacos. Os olhos brilhavam. O pai chorava. A brisa fustigava as árvores. O sol desaparecia. Os vizinhos aproximavam-se. Luandle olhava. A lua nascia. As mamanas, nome que as senhoras de idade levam nestas terras, choravam. Os comentários subiam de tom. Ondas revoltas desfaziam-se na praia. Estrelas. Choros. Lua. Morte.

Luandle tinha quinze anos.

Os dias precipitaram-se. O tempo mudou. Os rostos transfiguraram-se. O branco da zona, num acesso de raiva, fechou a loja e disse a toda gente que não mais viveria com os pretos. O régulo saiu à rua, comprou sapatos com a bandeira da vitória e cultivou o hábito de cumprimentar toda a gente, sorrindo por tudo e por nada. As machambas foram abandonadas. Os ratos entregavam-se aos homens sem necessidade de ratoeiras. Barcos gigantes apodreciam na costa sob o olhar dos pescadores andrajosos.

Sem nada entender, Luandle incitou o pai a fazerem-se ao mar sem pescadores. E o mais que puderam pescar naqueles dias turbulentos foram restos de naufrágios do tempo de Vasco da Gama que vinham à superfície sem grandes esforços. E os dias sucederam-se uns aos outros num ritmo tão vertiginoso que o pai de Luandle, face à adversidade das águas, resolveu queimar a casa de muitos anos e tentar vender o barco de muitas aventuras que ninguém comprou, porque as marcas do infortúnio estavam escritas nos costados e na vela. Durante dias e dias bateram portas e portas e a mesma resposta entrou-lhes na mente de forma seca e granítica: Não!

Deixaram o barco no meio dos escombros dos grandes barcos da fortuna e aventuraram-se para o interior, esse sertão africano, onde em quilómetros vários as machambas perdiam a cor da maturação, invadidas por animais de diversa espécie que morriam com o excesso de repasto que lhes era oferecido sem que os homens pudessem tirar um grão que fosse, porque os capatazes sem patrões ainda sibilavam os chicotes, rindo-se da fome dos pobres camponeses e das crianças que pediam fruta à beira do cercado mais vasto que as machambas dos camponeses de toda a região que Luandle e o pai percorriam com esperança de encontrar um pedaço de terra onde pudessem fincar o pé, longe daquele mar infausto que os perturbou durante anos e anos, sem que pudessem amealhar a riqueza para a fartura que nunca veio, mas que a procuravam por essas terras que percorriam com sacos às costas, dia e noite, sob a chuva e o sol que os fustigava, sem aparentarem cansaço, pois a esperança que se vislumbrava naquele verde sem fim era um paliativo tão forte que fome não sentiram durante aquelas semanas intermináveis de procura e admiração pelas terras verdes que se estendiam pelas planícies e planaltos que percorreram até ao raiar de um dia sem registo em que encontraram uma nesga de terra que lhes era propícia para o cultivo e a construção da casa que levou quatro dias e quatro noites a ser erguida numa pequena encosta que dava para o rio que o pai de Luandle recusava olhar, temendo que o mau presságio os atacasse naquelas terras de fartura.

— Irás tu ao rio, Luandle.
— E o pai?
— Não posso.
— Porquê?
— O rio é o irmão mais novo do mar.
— E eu?
— Tu és Luandle, e o rio não te fará mal.

Assim disse e assim fez. Até à hora da sua morte nunca ninguém o viu descer em direção ao rio. Na altura das primeiras colheitas Luandle apresentou-lhe Nyelete, futura esposa, e pediu-lhe que descesse a encosta e fosse à casa da moça, ao que respondeu que poderia de bom grado descer, mas as pernas não o ajudavam. Estas e outras preocupações, como a tentativa de construir uma grande paliçada na direção do rio, não conseguiram afastar as marcas da praga há muito estampada nos rostos da família de Luandle. A confirmar tal destino infausto, as águas subiram a encosta, no decorrer da segunda colheita, destruíram as machambas e obrigaram o pai, filho e nora, já grávida, a subirem à árvore mais alta das redondezas onde ficaram sete dias e sete noites, contemplando crianças, mulheres, homens e animais a serem arrastados pelas águas que engrossavam de minuto a minuto, atingindo metade do tronco da árvore gigante e levando Luandle e a mulher e o pai e as serpentes que povoavam a árvore a procurarem os ramos mais altos onde se expuseram à chuva e ao vento que os fustigava com tanta fúria que as serpentes desciam, pela noite adentro, e juntavam-se aos homens, procurando calor humano que estes não podiam recusar, limitando-se, ao amanhecer, a procurarem outros ramos, longe das serpentes que os olhavam com espanto e comiseração, pois ao segundo dia Nyelete não mais suportou a dor e abriu as coxas por onde uma cabeça emergiu e pendeu entre dois ramos onde assentavam as coxas da mãe que chorava e gritava, obrigando as serpentes a retirarem-se para locais mais afastados e os homens a tentarem ajudá-la atabalhoadamente, com as mãos sujas e molhadas pela chuva que caía ininterruptamente, molhando todos sem piedade e levando o pai de Luandle a lançar impropérios ao Deus sacana e filho da puta que os trouxera ao mundo para sofrerem de forma desumana e imprópria a homens que nada tiveram desde a nascença senão o coração e o corpo que se gastava de minuto a minuto, encanecendo em tenra idade, tal como este meu filho Luandle que desde a nascença nada viu senão a desgraça estampada por todos os lados, ah, seu filho da puta, Deus de merda, e mais não disse porque o filho tapou-lhe a boca e obrigou-o a sentar-se melhor no ramo que dançava e pegar na criança que chorava, coberta de camisas e folhas molhadas que tiraram da árvore que chorava e deixava o sangue de Nyelete escorrer pelos ramos até perder a cor do sangue e tornar-se branco, como a água que não parava de correr, arrastando homens e mulheres e crianças que se tinham refugiado em promontórios que desapareciam no turbilhão das águas, que levantavam ondas como o mar encapelado, que destruía as barcaças da fome e da esperança.

E assim passaram o dia terceiro, quarto, quinto, sexto e sétimo, contemplando o mesmo cenário de morte e choros, misturados com os animais que ainda os olhavam com espanto, pois não se recordavam e nem podiam recordar que homens e animais viveram em paz, e não na desordem, no princípio dos princípios.

Ao oitavo dia viram um inseto de ferro aproximar-se da árvore onde se encontravam, exaustos, cheios de fome. Uma corda foi lançada e Luandle pegou-a. Olhou para o pai que tinha o neto entre as mãos. Olhou para a mulher que soluçava, seminua, e não conseguiu sorrir. As lágrimas vieram ao rosto molhado e soluçou.

– Ajuda a tua mulher a subir.
– E o pai?
– Serei o último.
– Sobe, Nyelete – disse Luandle.

Pegou na corda com uma mão, ajudou-a com a outra e viu-a subir vagarosamente a escada de corda que ondulava ao sabor do vento e do peso de Nyelete que tremia. Depois foi a vez de Luandle e o filho. O pai ficou a vê-los até desaparecerem no interior do inseto de ferro. A corda pendeu no ar, vazia. O velho segurou-a. Olhou para as serpentes e notou que os companheiros da desgraça tinham um brilho invulgar nos olhos. Olhou para a árvore e viu-a com o mesmo rosto de séculos de contemplação passiva aos horrores do mundo humano e animal. Subiu o primeiro degrau, o segundo, e parou no terceiro. No céu nuvens brancas sobrepunham-se às escuras. O sol brilhava. Pássaros cortavam o céu. Subiu mais dois degraus e olhou para as águas revoltas. O filho, junto à portinhola do inseto incitava-o a subir.

– Dá o nome da morte ao teu filho – gritou.

Olharam-se demoradamente. Luandle passou os olhos pelas

rugas e pelo rosto angustiado do pai e compreendeu tudo. Antes de encetar qualquer gesto os movimentos precipitaram-se. O pai sorriu ao filho que o olhava de boca aberta, e largou a escada de corda. O corpo volteou no espaço. As águas revoltas abriram-se. Ondas elevaram-se. O corpo foi coberto. Segundos depois o corpo apareceu à superfície, entre troncos e cornos de bois e crianças e mulheres e velhos. Dois homens pegaram em Luandle que gritava e colocaram-no junto à mulher que soluçava, pegada ao filho que deveria ter o nome de Kufeni.

– Viveremos aqui, Nyelete – disse Luandle.
– A terra é boa.
– É, é boa.

Nyelete desamarrou a capulana e foi sentar-se à sombra da frondosa árvore e amamentou a criança. Luandle falou com alguns homens que viviam nas redondezas e, ao entardecer, começou a construir a sua casa que distava das demais em mais de vinte minutos de marcha. E aí viveram. Nyelete, com vinte e dois anos de idade, apresentava o rosto velho e cansado, apesar do sorriso que ostentava e das canções que trauteava quando olhava para o milho que florescia e para o marido de tronco nu que circulava pela machamba, mexendo o milho que sorria ao sol que se erguia no horizonte enquanto Kufeni dava os primeiros passos, brincando com a areia vermelha e terrosa, própria para o cultivo e para o olvido dos tempos de desgraça que pareciam distantes, tão distantes que os homens, quando se reuniam na loja onde trocavam tudo o que tinham por pequenas coisas que vinham da cidade distante, muito se riam do *bâton e soutiens* e papel higiénico que os comerciantes obrigavam a trocar com milho e o feijão, afirmando que os tempos eram outros e que as mulheres deviam andar com os seios ocultos e os lábios pintados, porque a cidade, senhores, está a nascer do campo, e vocês devem dignificar estes tempos novos em que o poder é vosso. Vá troquem, troquem, levem tudo o que aqui está, e não esqueçam de trocar o vosso feijão por estes papéis que levam o nome de papel higiénico, próprio para limpar o traseiro, o traseiro que vocês e os antepassados limpavam com as folhas desta floresta que vai desaparecendo por vossa culpa. Vá, troquem, troquem o feijão com tudo o que aqui está, o tempo é outro, troquem, senhores, troquem, e os camponeses riam-se destas e doutras histórias que por estas terras aconteciam, como a do Josefe que se convenceu da veracidade das palavras do comerciante e levou a cera para fazer brilhar o adobe da sua cubata.

E se se riam destas histórias, não deixavam de sentir uma certa comiseração pelos homens da cidade que, tarantados pela fome, muito se enganavam nos despachos, metendo candeeiros e lanternas e enxadas nas lojas da cidade, e despachando para o campo o papel higiénico, o *bâton* e os pensos higiénicos que os comerciantes se esforçavam por trocar com os produtos dos camponeses que olhavam com certa relutância as mercadorias nunca vistas nem sonhadas.

– A barriga comanda o trabalho.
– É possível, mas o gato castra-se no mato.
– Mudarão.
– A tartaruga não deita fora a carapaça.

Mas depressa calaram as bocas e passaram, a partir da segunda lavra, a olhar com certa apreensão o céu que mudava de cor e as nuvens escuras que se afastavam da zona, caminhando para terras distantes e desconhecidas. O sol instalara-se no centro das pequenas aldeias e das casas dispersas.

– O tempo está a mudar, Nyelete.

– Ontem sonhei com árvores sem frutos.
– Esperemos.
E esperaram. A chuva não veio. As culturas secaram. A água desapareceu. Muitos animais fugiram. Ficaram os répteis, os homens, as crianças, as mulheres, o choro, o desespero, a esperança. Os que tinham gado começaram a despachá-lo, trocando-o com sabão e farinha. Os que tinham galinhas trocavam-nas com camisas gastas e esburacadas. Os que nada tinham olhavam para os outros e refugiavam-se no interior das cubatas, esperando que melhores dias chegassem. Luandle, que nada tinha além da terra seca e morta, olhava com dó o filho que se alimentava de areia e ervas nunca comidas que mataram famílias inteiras e obrigaram os homens idosos a voltarem à prática dos tempos imemoriais em que os homens idosos tudo experimentavam autorizando depois as mulheres e as crianças a comerem antes de descobrirem o que os macacos bem serviam de guias em certos produtos. E já que os macacos emigraram, os homens tiveram que experimentar tudo, arriscando-se à morte ou a uma diarreia interminável como a que o velho Samate apanhou ao experimentar a erva que a mulher trouxera de terras distantes e que preparara sem sal e óleo, entregando-a depois ao marido que comeu em frente dos filhos e netos que o olhavam com certa apreensão. Minutos depois o velho tirava líquidos de várias cores pelos orifícios do corpo. E assim ficou durante três dias e três noites, vociferando, gritando, e dizendo tudo o que de obsceno se pode dizer aos vivos e mortos. Na noite do terceiro dia cavou a sua própria sepultura e para lá se atirou ao raiar do quarto dia, morto.

Com os olhos ainda ensonados Nyelete passou a mão pelo corpo do filho que ainda dormia, sorriu ao marido que acordava e arrastou os pés cansados para fora da cubata. Pegou na gamela começou a caminhar numa direção contrária à que o marido tomaria minutos depois, como uma sonâmbula, alheia ao sol que despontava e às árvores sem folhas que iam caindo em silêncio, no silêncio dos dias iguais e tristes. Por todo o lado havia casas abandonadas e cadáveres apodrecendo à superfície da terra gretada onde o gado perdia a vida e a carne, deixando os ossos expostos ao sol que queimava tudo. Homens e mulheres que se cruzavam ao longo dos carreiros sem princípio e fim não se cumprimentavam e nem se atreviam a olhar os corpos negros e famélicos dos companheiros da desgraça. Caminhavam com o corpo curvado e os olhos atirados à terra sem vida, no meio do silêncio quebrado pelo choro distante duma criança.

A meio da manhã, perto daquilo que em tempos fora um rio, Nyelete apanhou algumas folhas secas. Olhou para os lados e não viu ninguém. Tentou sorrir, pensando no filho que nada comia, e sentiu os lábios doridos, secos, gretados. Arrastou os pés a uma árvore sem sombra e procurou descansar. O sol queimou a pele já gasta, percorreu os cabelos queimados, sugou-lhe a pouca força que tinha e obrigou-a a fechar os olhos. E então viu tudo. Viu Kufeni brincando no meio do campo de milho a perder de vista. Viu o marido trocando milho na loja. Viu mulheres com capulanas coloridas comendo iguarias diversas. E viu-se a si mesma dançando numa festa de nunca acabar, satisfeita, feliz, gorda. A poeira que levantava cobria-lhe os artelhos, as pernas, as coxas, as ancas, o tronco, a face, os olhos, e deslocava-a da festa, atirando-a a um mundo desconhecido, negro, deserto, silencioso.

Noite. A lua nascia. Nyelete nada via.

Ao raiar da manhã Luandle encontrou-a encostada à árvore

com a gamela vazia entre as mãos. Estava morta.

Uma onda desfez-se aos seus pés. As águas recuaram. O mar afastava-se. E ele caminhava, perseguia as águas. A terra secava à sua passagem. Havia montes, depressões, vales. E o mar não voltava. Fugia. Recuava. E ele corria, chorava. E o mar não voltava.

Abriu os olhos. Estava na sua cubata. Soergueu-se, apoiado pelos cotovelos, e viu fiapos de luz cortando o corpo. Kufeni há muito que acordara. Espreguiçou-se. Pegou na panela, passou a mão pelo interior e nada encontrou. Deixou a panela junto à esteira e saiu da cubata. O filho, sentado a cinquenta metros da casa, comia as crostas das feridas mal saradas que cobriam o corpo. Com gestos calmos e precisos Kufeni tirava as crostas do corpo e levava-as à boca. Os dentes esmagavam, trituravam. E Luandle ouvia o som, o ruído. Kufeni comia com sofreguidão as crostas. As feridas brilhavam ao sol.

– Não, Kuufeni!

O filho virou o corpo e olhou para o pai. Por entre os lábios havia bocados de sangue e pequenas crostas.

– Não faças isso!

– Estou com fome, pai.

Luandle levou as mãos ao rosto. Kufeni colocou dois bocados na boca. Os dentes estavam vermelhos.

– Não, Kufeni, não! – gritou.

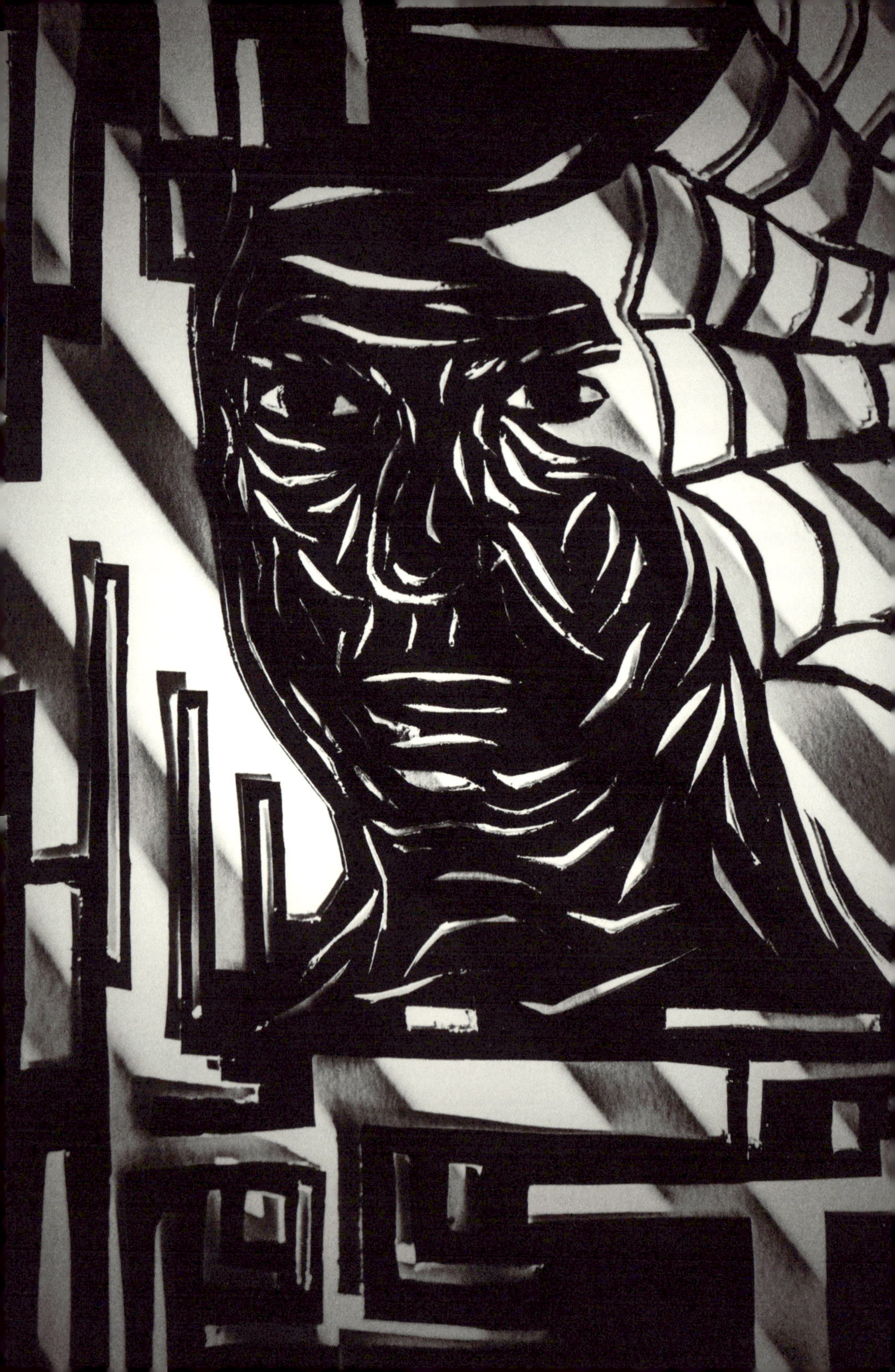

A solidão do Senhor Matias

I

O tempo entrou pela casa adentro e vagueou como um pássaro ferido pela sala enorme e moribunda, procurando as frestas por onde se infiltrou e estancou, reduzindo os séculos e séculos de luz em pó e cinza. As lascas de tinta caíam do teto e das paredes, formando figuras estranhas e desconhecidas no chão sujo; as baratas e os ratos circulavam sem pudor, brincando na luz e na sombra, passeando por entre as cadeiras e mesas do tempo da pacificação, e olhando com certa naturalidade as teias de aranha que se ligavam entre si, criando um céu de nuvens poluídas que se rarefaziam à luz da lâmpada que se limitava a iluminar o centro onde as vozes da noite chegavam aos bocados, partidas, fragmentadas e se amontoavam no círculo de luz, deixando o tantã longínquo arremessar-se à sombra e às paredes onde os espíritos petrificados dos brancos da desordem e da mentira, incapazes de sustarem o avanço dos deuses africanos, sonhavam com galeras remotas que os libertassem das lianas que os afastavam do mar da descoberta e da civilização.

II

Sentado numa mesa do centro, por baixo da lâmpada, o branco tinha os cotovelos fincados na mesa e a cabeça metida entre as mãos calosas e sujas; os pés cruzavam-se nos tornozelos e o olhar de morto não via o líquido a escorrer pela mesa e a cair pelos bordos, atingindo o chão em gotas contínuas e compassadas. Em redor da mesa, garrafas vazias amontoavam-se ao acaso. No fundo da sala, em frente ao balcão escancarado, sentado sobre a cadeira de três pés o negro João tinha a cabeça recostada à parede e pensava nas mulheres que dançavam, algures, cobertas pela noite e recortadas pela lua que deixava os fiapos escorrerem pelo terreiro do tantã como lianas perdidas quando o branco, escarrando sem modos, o trouxe à realidade da sala sem idade, obrigando-o a virar o corpo e olhar para a mesa repleta de garrafas de vinho, e a parede à esquerda do branco onde os escarros se perfilavam, marcando as noites de infortúnio do senhor Matias, branco que herdara as propriedades do pai ainda novo e que tinha como diversão predileta a mania de tirar a virgindade das moças das aldeias em troca do sal amontoado num armazém onde as fornicava de pé e deitado, e onde uma delas teve o primeiro mulato das redondezas que resolveu emigrar, anos depois, para a distante cidade onde se tornou num mecânico sem clientes, pois a preta que Matias resolvera levar como amásia puxara-o, num dia sem registo, aos curandeiros do interior com o objetivo único de tirar a clientela dos monhés da zona em seu benefício e à custa do primogénito que viu a clientela da cidade a fugir-lhe das mãos do dia para a noite, enquanto o pai, lá longe, não tinha mãos para atender os pretos que faziam fila de um dia de percurso, atarantando os monhés que mais não fizeram que rezar dia e noite sem nada conseguirem.

    Estas e outras histórias, o preto João conhecia-as tão bem, como todos os homens em idade de compreender, porque os curandeiros destas terras não são muito dados aos segredos da profissão quando os brancos resolvem abeirar-se das palhotas das serpentes mortas e vivas.

III

– Qual é a data de hoje, João? – A voz era arrastada, cansada, gutural.
– Não sei, patrão – respondeu o preto.
– Está bem... não interessa... Já não interessa saber a data, os dias, as horas, já nada interessa, João. Tudo parou... tudo, e ela tinha razão... recorda-se: as imagens cobrem a sala e as palavras elevam-se, sonantes: Não tentes sonhar, Matias, porque ao mar já não voltarás. Estás morto, és um cadáver ambulante. E quando os pretos tomarem conta destas terras não terás outra atitude que olhar passivamente para tudo o que é teu. E o mar jamais voltará à tua mente, porque a nossa água bebeste e aceitaste os nossos espíritos e entraste, vezes sem contas, nas palhotas dos nossos curandeiros onde te untaram o corpo inteiro com o sangue dos pretos. Não tens salvação, Matias, és preto, e por mais que escarres, por mais que insultes estes pretos, não voltarás nunca à tua terra com a riqueza aqui tirada, porque há muito que foi dito que morrerás nestas terras e a tua sepultura estará ao lado dum preto, e os teus ossos serão exumados para prepararem os ossículos que matarão e salvarão milhares e milhares de pretos que povoam estas terras, Matias! Não fales assim, sua preta, malvada, eu sou branco, e terei sempre o poder à minha volta. E não penses que os ossículos da adivinhação e da morte me reterão nestas terras sem que eu possa mostrar a minha riqueza no mundo dos brancos, ao lado duma branca, uma branca verdadeira, cheia de perfumes e de vestidos belos

e de olhar terno e amoroso, ouviste! Eu sairei desta catinga de pretos e atirarei o meu escarro aos rostos dos teus patrícios, sacana... Não me faças rir, Matias, há dias que sei do teu medo aos nossos deuses e às nossas noites, e é por isso que falas tanto, que sonhas tanto, Matias. Sabes já do teu destino nestas terras africanas, podes bater-me, Matias, podes bater-me, mas há muito que a tua morte foi descrita, e, para tua desgraça, não me terás ao teu lado porque morrerei eu e os meus filhos no dia em que os pretos como eu entrarem por estas terras com armas em riste... Era uma noite como esta, João...

– Não percebi, patrão.

– Era uma noite quente.

Sem saber o que dizer, o negro João, único empregado que restara na casa que tivera tempos áureos antes da troca das bandeiras, limitou-se a olhar para o patrão que levava o copo aos lábios com o mesmo olhar inocente com que assistira à depredação da propriedade pelos trabalhadores eufóricos que arrancavam o milho a florescer, a mandioca a brotar e o amendoim a rebentar; e como se isso não bastasse, sabotavam as máquinas, que levavam o nome de tratores, sob o olhar impassível do patrão que deixava os pretos, que outrora se arrojavam a seus pés, bradarem pelo kululeko, nome que a independência leva, a estragarem tudo, excetuando as casas, os armazéns, as lojas e o restaurante, porque os que se aproximaram do cimento com os machados e as tochas e a fúria assassina tiveram uma morte instantânea e inexplicável aos olhos do vulgo, afora os curandeiros que afirmaram, depois, aos que quiseram ouvir, que o cimento é o refúgio dos espíritos dos brancos, e que passarão ainda muitas luas antes dos pretos se apropriarem desse mundo compacto, cheio de compartimentos e de segredos e de locais onde se caga sem que a casa cheire a merda.

IV

O tempo estancou definitivamente na propriedade do senhor Matias. As árvores cresciam desordenadamente nos pátios vastos e intermináveis. As portas caíam ao mínimo toque. O arrastar dos sapatos velhos e podres do senhor Matias ressoavam pela propriedade inteira. Ao longo dos corredores gramíneas e arbustos de meio metro brotavam anarquicamente do cimento e era necessário abrir pequenos carreiros que se desfaziam à noite. As corujas, desafiando os saberes há muito inscritos nos livros poeirentos do conhecimento, piavam e voavam livremente em plenas manhãs de sol. À tarde, e só à tarde, o velho Matias atrevia-se a sair do quarto imundo e circular pela propriedade, acompanhado pelo negro João que não se espantava já com os arbustos nunca vistos e muito menos com as serpentes inofensivas que aumentavam de número diariamente, obstruindo as passagens, enchendo as árvores e formando ninhos nos quartos desabitados.

O velho Matias olhava para tudo sem proferir palavra, pois sabia que tais agoiros aziagos há muito que a mulher havia predito, chegando a afirmar, em plena manhã de sol e nuvens belas que, após a morte do Matias, o cenário da propriedade mudaria por completo; as árvores e os animais destruiriam o cimento e os novos homens passariam uma vida inteira reconstruindo o cimento com materiais locais e ideias novas, instalariam os seus curandeiros, as suas mulheres, os seus anciãos. Na memória desses homens a tua presença por estas terras será contada às crianças como as nossas lendas correm pelo terreiro do Karingana, Matias, dizia. E se pensas que minto verás a degradação à tua volta antes da tua morte; ouvirás pela boca do teu servo que enfermeiros e médicos entraram no mato para aprenderem a medicina secular dos antepassados desconhecidos; ouvirás histórias da grande cidade onde comerciantes como tu abandonaram as suas lojas infectas de moscas gigantes, passando a vender nos quintais das casas de caniço amuletos e tisanas de sortes perdidas.

O velho Matias reteve-se por momentos na campa da sua mulher e seguiu depois em direção aos armazéns onde contemplou os sacos de amendoim já podres e o milho a florescer anarquicamente dos sacos de semente. O teto e as paredes do armazém onde outrora derrubava as mulheres fora invadido por trepadeiras e serpentes de vários tamanhos. Saíram do armazém e dirigiram-se ao restaurante. A noite entrara. Matias subiu os degraus, parou no longo corredor, viu a lua nascer e perguntou ao João pelas caixas de vinho, pressentindo que a sua vida esvair-se-ia com a última garrafa de vinho. Entrou no restaurante, afastou as teias de aranha, puxou a cadeira de sempre, olhou para os escarros que se perfilavam na parede à esquerda, sorriu, pegou no copo sujo, encheu-o de vinho e levou-o aos lábios, repetindo os mesmos gestos e as mesmas palavras dos dias todos até altas horas da noite, momento em que o preto João se levantava da cadeira de três pés e ia em direção ao gira-discos, situado por detrás do balcão. Com gestos precisos e calmos o preto João afastava as teias de aranha, limpava o prato do gira-discos e punha o disco de sempre. A música subia de tom, enchia a sala, e o velho Matias sorria, ria, engasgava-se, e começava a vomitar ao som do fado. O vómito escorria pelo peito, enchia a mesa redonda, descia pelas bordas e formava um círculo em volta da mesa.

Sentado, com os olhos vermelhos, a sorrir e a vomitar, o velho Matias descalçava os sapatos e pisava, pisava sem descanso, o vómito vermelho e sujo. João olhava-o sem perplexidade, sem interrogações, sem dó. Olhava-o simplesmente enquanto o fado corria, já gasto, e voltava a correr, mais gasto, até que a voz da Amália Rodrigues se perdesse totalmente na noite negra e o Matias parasse de vomitar e de chapinhar os pés pelo vómito, tal como os vindimadores destroem os bagos e deixam o sumo escorrer, o mesmo sumo que Matias consumia desalmadamente todas as noites, deixando-o sair em papas.

A música parou. As baratas entreolharam-se. Os ratos atiraram-se à sombra e Matias ergueu-se. Limpou os lábios com as costas da mão direita e olhou para o empregado.

– Vamos – disse.

O preto aproximou-se do patrão e tentou ampará-lo. Este rejeitou-o e afastou a cadeira. Deu dois passos e escorregou, caindo de costas. Segundos depois tentou soerguer-se e não conseguiu. O negro acercou-se e levantou-o pelos ombros. Já de pé, o velho limpou os pés no soalho, rejeitou os sapatos que o preto tinha nas mãos e dirigiu-se à porta, já firme, dizendo ao criado que o seguisse, coisa que este fez com relutância, pois o caminho que o patrão seguia não os conduzia aos aposentos, mas aos confins da propriedade, lá onde as campas se erguiam. Caminharam em silêncio, ouvindo o silvar das serpentes, o restolhar das gramíneas, o tantã longínquo, e o ranger espaçado das portas. Passaram pelos armazéns, meteram-se entre os tratores fora de uso, deixaram as dependências dos criados e atiraram-se às árvores de metro e meio de altura.

Ao chegarem à campa da mulher do Matias, o negro João parou e deixou que o patrão se acercasse do montículo de areia. O velho ajoelhou-se e enterrou as mãos no monte de areia. Em movimentos contínuos e rápidos o velho ia tirando a areia da campa enquanto se babava e soluçava. O negro João, de pé, olhando continuamente para o patrão, nada entendia e nem podia perceber, pois tratava-se de um diálogo de mortos, de cadáveres, de vozes que os vivos não podiam ouvir, mas que Matias ouvia e entendia, daí o seu fervor a escalavrar a terra como um animal. Minutos depois, já cansado, o velho atirou-se à cova, uivando prolongadamente.

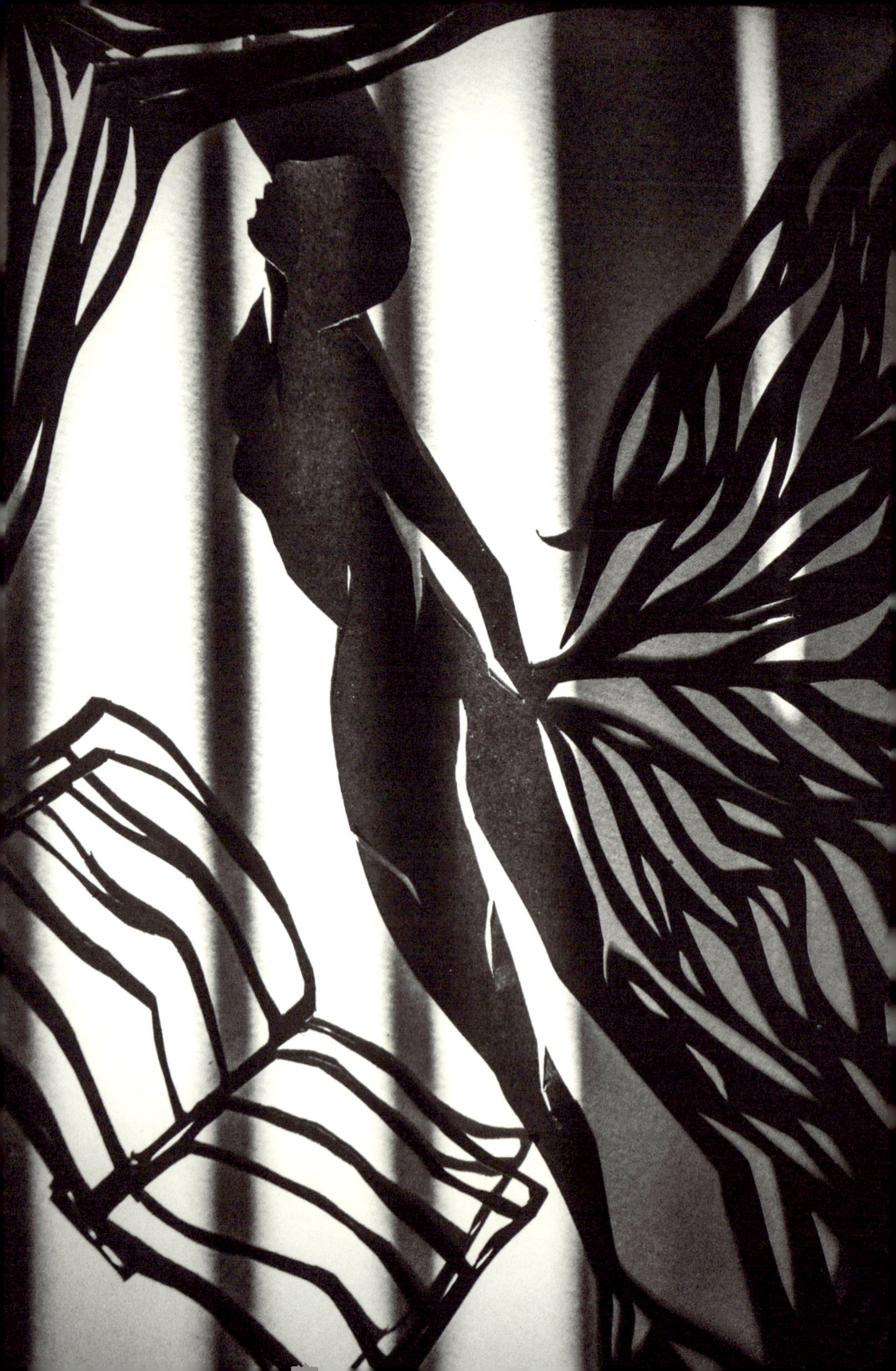

Fragmentos de um diário

20 de Maio

É noite, sei, e esta urbe, a capital, atreita aos murmúrios, aos comentários azedos da política caseira, ao abastecimento de quilo e meio, à avidez sexual da crise, às bebedeiras sonhadas, aos sonhos frustrados, aos negócios chorudos do fim do mundo, à guerra de nunca acabar, à fome da morte, não pressentirá que algures, por esse amontoado de cimento e sob o olhar impessoal da lua cortada, uma mulher põe fim à vida depois de matar o filho menor. A vida, como sempre, correrá, as mulheres mais filhos terão, os homens mais ambiciosos se tornarão, a felicidade mais gente tocará, e o Mundo continuará a ser mundo e os homens Homens.

10 de Abril

Dolores é o meu nome. Mabunda é o apelido, marca patrilinear cujo princípio se perdeu na noite dos tempos, saltando à memória dos velhos nas fogueiras ciosas de histórias um Mabunda ancestral, meu tetravô, cujo ato digno e memorável da sua vida foi o assassínio da esposa terceira, perante as hostes nguni que a queriam levar como tinlhoko, nome que os servos levam na língua tsonga.

Criança ainda, o meu pai afasta-me desse mundo onde

vizinhos e irmãos morrem de forma estúpida e desumana, tal como o meu tio-avô que não teve outro destino que apodrecer ainda vivo, espalhando pedaços da sua carne e vida pelo terreiro da casa, e libertando o cheiro da carne podre por quilómetros de distância, atingindo aldeias sem nome, provocando tuberculose incurável nos homens e forçando as mulheres grávidas a parirem nados-mortos com a feição e constituição semelhantes às ratazanas sem dentes. E tudo isto motivado pela teimosia em vender o canhu, bebida fermentada que nestas terras os tsongas oferecem aos visitantes, vizinhos e amigos, sem outra paga que o simples obrigado e sorrisos de satisfação e alegria incontida pela bebedeira que leva a desacatos inimagináveis, pois muito se afirma por estas terras, e as almas honradas o confirmam, que a bebida é um afrodisíaco, e as mulheres outra coisa não fazem que apartarem-se a toda a brida das bangas, porque outro fim não as espera que a triste história que se passou com a Óxaca, mulher de invulgar beleza segundo se afirma, e fiel ao marido até ao dia em que apanhou um enfarte ao manter o primeiro e o último ato adúltero que teve com um indivíduo embriagado pelo canhu que a obrigou a suportar-lhe o peso durante uma noite e uma manhã em que resfolgaram sem cessar sobre a esteira amolecida pelo suor que escorreu até ao cemitério familiar, cobrindo a campa do pai no preciso momento em que ela morreu e ele desmaiou. Ao reanimar-se dizem que o homem foi acometido pela loucura, pois outra coisa não fazia que abrir sepulturas recentes em noites chuvosas, chamando de forma desumana pelo nome do marido da Óxaca que em terras bóers, nome do agricultor branco sul-africano, trabalhava debaixo do sol e do chicote.

18 de Fevereiro

– Quero ir à escola, mamã.
– Este ano não podes, meu filho. Não há lugares.
– Porquê, mamã?
– As escolas são poucas, meu filho. Quando houver mais escolas irás, José.
– Mas quando, mamã?
– Daqui a uns anos, José.
– Quero ir à escola, mamã.

E a voz atirou-se às paredes, perfurou-as, e o eco voltava, teimosamente: "Quero ir à escola, mamã. Quero ir à escola...".

Acordei sobressaltada. Afastei a manta, os lençóis, a almofada. As letras, enormes, dançavam sobre a cama, entravam nos lençóis, recostavam-se nas almofadas e tentavam perfurar a minha camisa de dormir. Saltei da cama. Era noite alta. Chovia. Trovejava. O vento açoitava a janela sem cortinas. O *quê* saltava de almofada em almofada. O *esse* formava promontórios contínuos por entre os lençóis. Os *emes* tentavam envolver-se violentamente nos meus seios trementes. Os *ós* aproximavam-se teimosamente dos meus lábios assustados. Os *ás*, num riso triste, escorriam vagarosamente pela janela, entre pingos de chuva que manavam desordenadamente pelo vidro embaciado da janela. O *i* forçava as minhas coxas apertadas, tentando perfurar-me; queria entrar em mim, queria anichar-se para todo o sempre no meu ventre. Fugi do quarto. Ao fechar a porta vi-o perdendo a lágrima única de tristeza. No quarto ao lado, o miúdo dormia com os lábios entreabertos.

20 de Maio

Amanhã, ao acordarem do letargo da noite, os vizinhos saberão através da empregada que baterá portas e saltará degraus e gritará a todo o mundo do prédio, mexendo desordenadamente as mãos, como um sinaleiro lunático controlando carros inexistentes, que a patroa está morta e a criança encontra-se estirada no soalho e sem vida.

A vizinha do sétimo não acreditará, talvez, e lançará perguntas desesperadas à empregada, imaginando um eventual envelope que contenha o dinheiro que lhe devo. A empregada reterá o meu cartão de abastecimento por meses e iludirá a sua fome de séculos. O chefe de quarteirão pensará nos minutos que gastará no domingo, elogiando a moradora exemplar num discurso uanhenguiano, enquanto no íntimo me manda à merda por o não ter aceite no meu leito de mulher.

E todos os vizinhos acercar-se-ão do apartamento que foi meu como ratos atirando-se à toca dos falares vários, e comentarão tudo, que eu era boa e que tinha defeitos e que era puta e que não conheceu homem algum além do marido de paradeiro incerto e que não falava com ninguém e que era simpática e que era pequeno-burguesa na desgraça dos séculos impensáveis e que era frustrada e que queria arrancar o marido da fulana, pois é verdade, com aquele andar, e aquele menear de ancas pescava o João, isso sei eu, e aquele sacana que se derrete todo com qualquer saia criou a mania de retardar o passo nos degraus antes do apartamento da mulherzinha, não fales assim da morta, vizinha, coitada, morreu tão jovem, bonita, com um futuro tão brilhante, que tristeza, introvertida que era eu já esperava isto, vizinho, sempre fechada, sem conversas com ninguém, o aparelho sempre desligado, eu já desconfiava disto, vendo bem, compadre, como é que ela ia aguentar com esta história de farinha amarela ao almoço e jantar, lá isso é verdade, apesar da pobreza a moça tinha todos os ares de gente de outra estirpe, e o marido? Há muito que fugiu da fome, vizinha, e era um tipo de estudo, e quem a viu no tempo colonial, ainda criança, não a pode imaginar assim esfarrapada, faminta, batendo portas humildes à procura de sal e pão e chá, a gaja tinha corpo para ser puta bem paga. Não fales assim, pá, a tipa deu cabo da vida. A gaja é que quis, porra, porque no lugar da tipa punha-os à batatada. A criança, por que a matou, comadre? Não tinha razão para isso, mas diz-se por aí que família próxima não tinha já. Mas isso não é razão suficiente. Que coragem, meu deus!...

A vida é uma estupidez, uma anedota permanente, uma passarela de esquizofrénicos.

5 de Abril

Quis recordar-me do meu marido, dos olhos ternos, da timidez que lhe fugia, do seu ar farto deste mundo da desgraça, do seu silêncio às palavras de todos os dias, das suas bebedeiras gritantes em noites de sábado, da quebra voluntária do Xirico das mesmas palavras, das afirmações virulentas à pátria de todos nós, do amor diferente que tivemos na noite que antecedeu a fuga, do arrumar apressado da roupa, da saída silenciosa do prédio, das promessas de tudo, da carta primeira e última, do seu silêncio, da saída do seu fantasma da casa, dos amigos que me assediaram com promessas de amor eterno, entremeadas de pão e leito e roupa e carro e televisor e tudo, Dolores, tudo o que quiseres, mulher, joia, tudo, mas abre-me as tuas coxas, dorme comigo, Dolores, dá-me uma noite, esquece o teu homem, eu sou rico, Dolores...

Quis recordar-me de tudo isto neste dia de anos do meu filho, mas as paredes nuas da minha casa, o silêncio do meu filho, o prato vazio, a geleira despida, as baratas que me olham, a sombra do meu corpo, da minha caneta, da mesa, do meu filho, impedem-me de rir da minha vida, da minha existência, da minha realidade.

19 de Janeiro

Visitei a minha mãe no hospital psiquiátrico. Os momentos de lucidez que outrora lhe vinham em toda a clareza foram-se. Agora vê aranhas gigantes aproximando-se do seu leito de louca. Grita, afasta os lençóis, baba-se, treme, chora, arranha-se, gatinha, esconde-se debaixo da cama, soluça. É o mesmo cenário a que me submeto todas as semanas. Quando a vejo mexer-se na cama, tirar a roupa, expor-se nua aos meus olhos, o meu pensamento retira-se do quarto e fixa-se no meu pai, no dia em que o prenderam por ser da PIDE, polícia política portuguesa, no olhar que nos lançou, nos passos tristes que deu em direção à porta, no sorriso forçado fora do portão, no arranque do carro, nos choros que desabaram, nas horas intermináveis que passámos limpando o chão e as paredes molhadas pelas lágrimas que saíam do rosto negro da minha mãe que gritava, enquanto o meu irmão tentava explicar os princípios universais duma revolução, o valor da reeducação, da punição, da necessidade de uma pátria limpa de escórias que pudessem sustar o avanço vitorioso e irreversível a uma pátria bela, onde a felicidade se espalhará nas ruas e casas com flores imortais erguendo-se em vasos intermináveis, por isso, dizia, não chores, mãe, a razão está com a pátria, e a felicidade em nós que devemos construir a nação para todos; o teu ódio, o nosso ódio, deve ir para o pai, e para todos os outros que sujaram as mãos com sangue dos inocentes, é para aí que deve ir o nosso ódio, e não para estes guerreiros que há séculos lutaram para que a luz rompa pelo túnel da desgraça e da infâmia. A mãe olhava-o, espantada, e chorava, sem cessar, e nós limpávamos o líquido que se espalhava pela casa enorme que tínhamos na cidade da Matola. Passávamos de um quarto para o outro, duma sala para a outra, e as lágrimas escorriam, chocavam com as paredes, humedeciam-nas, e nós transpirávamos, cientes de que a inundação chegaria se parássemos de limpar o chão molhado pela chuva que vinha dos olhos da minha mãe, outrora brilhantes e felizes.

A solidão instalou-se na nossa casa. O meu irmão, militante dos princípios universais, deixou os livros de marxismo e a bandeira vermelha e as palavras dialéticas e os atos de coragem e o futuro brilhante e instalou-se, segundo consta por aí, na América do sonho como um digno varredor da quinta avenida. A minha mãe, com o vestido esburacado do dia da partida do marido sem notícias, passava as tardes e noites pela casa enorme como uma sonâmbula perdida. Tive que interná-la.

20 de Maio

Não temo a morte. Daqui a uns minutos cortarei as minhas veias e deixarei o sangue escorrer, vermelho como esta pátria vermelha. Vou morrer em silêncio ao lado do meu filho já morto. E se escrevo estas linhas não é com intenção de figurar em praça alguma, quero despedir-me dos vivos sem rancores, sem pensar em Deus, porque Esse tiraram-mo há muitos anos. Neste momento penso no meu corpo que vai desintegrar-se na terra que amamos. Penso na criança que não pediu para vir a esta terra. Penso no trabalho dos coveiros, no frio da morgue que não sentirei, na autópsia, no à-vontade dos médicos a desfigurarem o corpo e suturá-lo no jeito das costureiras habilidosas, nos serventes que falarão da vida e do futebol, sentados à volta do meu corpo. Penso em tudo isto, e não, o que é engraçado, no pão que me falta, nas andanças infrutíferas pelas lojas vazias, nas perguntas desesperadas do meu filho, no silêncio secular do pai, nos negócios que não sei fazer, no dinheiro que me falta, na guerra que me chega aos ouvidos, nas palavras que enchem as casas, na puta que não consegui ser, na escola que o meu filho não conseguiu frequentar, na moral metida debaixo do travesseiro, nos planos falhados, na vida falhada, enfim, em nada disso penso. O meu olhar está virado para o meu filho e para os sonhos que poderia ter tido, porque para mim o futuro deixou de existir no dia, não muito distante, em que vi uma mulher, com o filho às costas, atirando-se aos testículos do controlador de senhas da cooperativa, exigindo que o homem distribuísse com dignidade as senhas para a compra do leite que tanta falta fazia ao filho e às outras crianças cujas mães se encontravam na fila, cansadas, nervosas, impacientes, mas esforçando-se ainda por rir do homem que gritava e chorava, pedindo aos presentes e ausentes que o acudissem, coisa que ninguém fez, e a mulher, irritada que estava, só os largou quando notou que os olhos do homem estavam a tomar rumos incertos. Deixei de ter futuro. Deixei de dar importância ao presente. Deixei de existir.

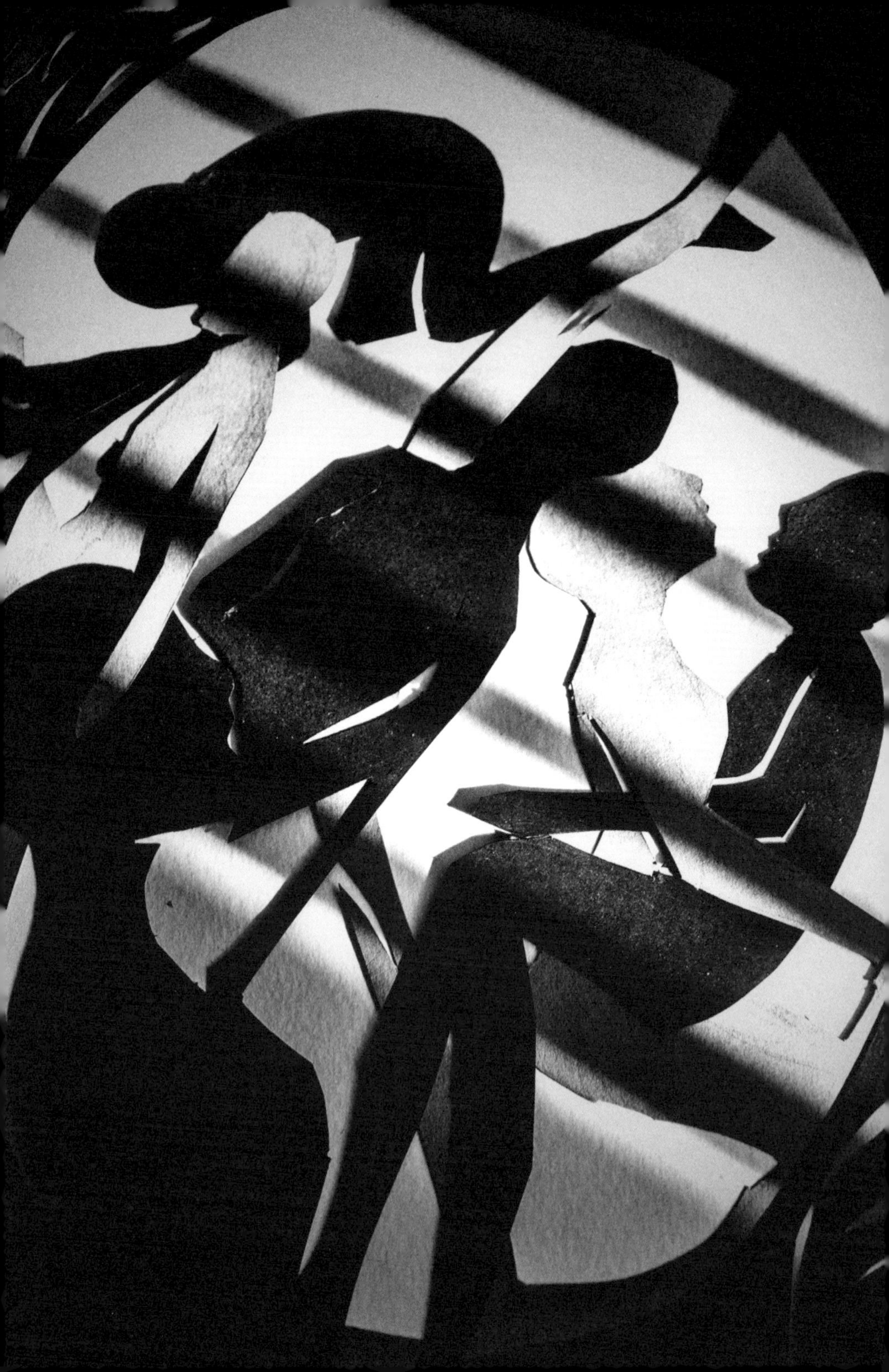

A orgia dos loucos

Os sentidos, tal como a serpente após a muda, foram despertando do letargo a que a consciência da morte prenunciada no princípio das dores os remetera. Era noite, soube depois, mas naquele momento, como que surdindo das profundezas abissais dos espíritos, os sons foram entrando no corpo. Era o chikulo, nome que o contrabaixo das marimbas leva nestas terras, ligando as peças soltas do corpo esfacelado pela dor; era o chilanzane, nomeação do soprano, abrindo as artérias do rio de sangue que os construtores da agonia estancaram com certeza apocalíptica do fim do século; era o debiinda, nome que leva o baixo, reativando o motor da rega enferrujado pelos tempos de suplício sem memória.

Abriu os olhos. Viu a noite. Viu as estrelas. Viu a lua. Vejo, pensou. Sorriu. Mexeu os dedos. Enterrou-os na areia húmida. A vegetação rasteira roçou-lhe o corpo. Um pirilampo despertou e atirou-se ao espaço, percorrendo os carreiros inexistentes de todas as noites como um sonâmbulo senil. As corujas, num concerto tardio de premonições nefandas, piavam sem o maestro dos compassos senis. O dole, designação que leva o tenor, soltou-se do corpo e encheu a noite. Soergueu-se. Os cotovelos abriram pequenas covas na areia. Sinto, ciciou. E voltou a deitar-se na posição dos mortos. A lua, farta da pomposa refeição do seu dia noturno, libertou os fiapos da festa e sorriu ao ver as lianas de luz escorrendo tronco abaixo em movimentos lunares.

Ergueu-se. As plantas dos pés gigantes assentaram sobre a terra. As mãos, libertas da areia, deixaram que o vento decifrasse o seu destino nos troncos inexistentes das mãos sem futuro. Riu. O riso, embolado pelo vento que nada decifrou, atirou-se aos rochedos distantes, escancarou-se nas escarpas das sombras tumulares e regressou sem força aos lábios grudados do homem espadaúdo. Tremeu. As imagens, em revoada, passaram-lhe pela mente. A memória acoitara-se na gruta da sua existência.

– Chamo-me António Maposse.

E chorou.

Um som. Vários sons. Fumo. As vozes elevam-se, confundem-se, fogem, concentram-se, desaparecem. A terra rodopia como um navio sem direção. Vómitos de sangue cobrem o soalho. O balcão escancara-se. As telhas voam como pássaros pré-históricos. Os tetos desaparecem. Os alicerces gemem. As portas despedaçam-se. Os vidros transformam-se em pó mortífero. O som cresce. O fumo tolda o céu. Rios de sangue agasalham os corpos. Vou morrer. As mãos escorrem por uma das traves da cantina. A noite envolve a manhã. Pedaços de carne desprendem-se dos corpos. Gritos. Passos estranhos. Sons mortíferos. Vou morrer. O sono aproxima-se. Envolve-o. O corpo oscila. Rodopio. Tomba. Não ouve o baque. Maria!, chama. Os olhos despertam. O sol, vermelho, cai no horizonte, ferido de morte. Um cenário estranho. Maria!... Voz baixa, rouca, distante. As baratas, receosas, tateiam o chão de sangue. Os ratos espreitam. Levanta-se. Os pés dispersam bocados de telhas. Os olhos procuram. Veem grãos de milho dispersos, capulanas rasgadas, cadáveres sem nome, cápsulas de balas, paredes furadas, ratos tontos, baratas teimosas, paredes desfeitas, sangue, sangue, Maria!... Os pés tateiam o chão de sangue, tropeçam em barrotes, espezinham cérebros em farelo, dedos triturados, olhos sem dono, línguas sem céu e terra, orelhas como búzios nas praias dos fantasmas, Maria!... Maria... O braço. Os dedos afagam os cabelos livres do lenço. As mãos tremem. Não falas?... Maria... Amanhã vamos à cantina do Shakir, Maposse, vamos trocar o milho e a castanha... Maria, fala, Maria... Levamos o João, o João... sim, onde está o João, Maria?... As mãos ensanguentadas percorrem o corpo, detêm-se nos olhos fora das órbitas, deslizam pelos arranhões sem fim, contornam as contusões dispersas, atêm-se nas coxas dilaceradas; os olhos tremem, a cabeça da mulher resvala pelo tronco nu como uma maçala de dimensões pré-históricas. Estás nua... tocaram-te... as lágrimas deslizam pela face contrita, Maria... É noite, um cão ladra, o gado inquieta-se no curral, a árvore sagrada liberta folhas incómodas, as mãos aproximam-se, tateiam, a esteira estremece, os corpos grudam-se, o homem rema, o corpo avança, recua, avança; o barco oscila, os costados estremecem, uma onda levanta a proa, sacode-a, danças litúrgicas esconjuram os espíritos maléficos do mar, as ondas acalmam-se, a proa baixa em saracoteio de exorcistas em êxtase, o homem rema, o corpo avança, recua; a lua ri, os dentes do homem parecem pirilampos petrificados na escuridão da noite, o suor escorre, mistura-se às salgadas águas que teimam infiltrar-se no ancoradouro que as recebe com suspiros prolongados de ânsia satisfeita, aaah... És minha... Tocaram-te... A capulana cobre o corpo. As pálpebras tapam os olhos. O rosto toma a forma dos mortos fartos do suplício terreno. O meu filho? Estará vivo? Olha de novo em redor. O mesmo silêncio. O mesmo som. A mesma voz. A mesma ausência. João! Silêncio. Os passos ressoam. A vila está de luto. A noite cresce. Os passos troam. Os olhos procuram. O corpo estremece. Está no gaveto de uma rua dilacerada e pejada de cadáveres conhecidos e desconhecidos. A rua é um talho de carne humana. Braços sem dono, pernas suspensas em argolas inexistentes, corações em plásticos de areia, fígados amontoados como alforrecas entre os despojos de um naufrágio, pénis suspensos em hastes que proclamam o fim da criação, mãos emergindo de pântanos de sangue, rostos imóveis, distantes, angustiados, aterrorizados, rostos sem vida. O homem afasta-se. Corre. Foge. Grita. Tropeça. Cai. Rebola. Desmaia. João!...

– Mataram-nos.

Limpou as lágrimas.

– Tenho que procurá-lo, disse para consigo ao regressar à vila que não descortinava, pois uma nuvem espessa cobria-a. O que será?... As moscas, cobriam a vila destruída. Os raios de lua furavam a espaços a nuvem de moscas. Com a ajuda das mãos foi abrindo caminho, tal como há tempos fizera com as lianas e as folhas e os ramos da floresta dos deuses onde se embrenhara com intuito de oferecer aos deuses as oferendas que prometera dar-lhes caso a Maria, sáfara a mulher, como a aldeia dizia de porta em porta, de curral a curral, de cozinha a cozinha, de terreiro a terreiro, até ao rio próximo onde as mulheres, com bilhas de incrustações várias, peroravam sobre a Maria que filho não dava, pois de pequena ousara vituperar os espíritos ancestrais da velha cega Feniasse que jurara com certeza mitológica que a voz de mulher que tal blasfémia lançou filho não teria, versão refutada por outras que de infância a conheceram, afirmando a pés juntos que Maria virgem nasceu e virgem se casou sem aviltar a mosca que ousava poisar na gamela da verdura da sua refeição de subnutrida, variante aceite por muitas que afirmaram a bom tom que os espíritos e os cegos em muito se enganam, e nesta bula-bula as mulheres aproximavam-se da aldeia com bilhas à cabeça, lançando olhares de escárnio e de pena e de lamento que Maposse, cesteiro de fama, absorvia com o orgulho falso que o levava a chorar em noites de preces aos espíritos benéficos do seu clã que o acudiram na noite sem lua em que ela afirmou ufanamente a inexistência da lua há dois meses, facto que o levou a redobrar os carinhos campestres, de que era mestre até à tarde em que ela, para espanto e gáudio de muitas, atirou o uivo libertador ao céu de palha e troncos da palhota que estremeceu como a floresta na noite das oferendas aos espíritos que as lianas e as folhas e os ramos protegiam com a tenacidade dos guardas de Tchaka e com a certeza de que a noite não é o momento apropriado à oblação, pois os espíritos, tal como os terrestres, despem-se da solenidade cínica dos protocolos e entregam-se à depravação que a ética dos vivos e mortos atira para a noite sem testemunhas, mas eu, Maposse de nascimento, entrarei no vosso reino em plena noite e doar-vos-ei a oblata que prometi, e foi com esta certeza que desbaratou o exército de lianas e ramos e folhas, e entrou no círculo dos espíritos antigos e recentes que, em requebros indescritíveis ao som das músicas tumulares, não deram pela sua presença até ao momento da pausa e do espanto, pois todos, como que apanhados em falta, sentiram e viram o olhar incrédulo de Maposse que nunca imaginara que os espíritos se entregassem às orgias que em vida condenaram e que ele seguiu com a inocência dos neófitos espantados com as histórias de moral que cresciam com as labaredas titubeantes das fogueiras dos terreiros sem nome que se erguiam, como o seu, defronte da casa grande onde o seu avô, o mesmo que o olhava com a crispadura dos rostos embalsamados por indivíduos com diarreias crónicas, saía e o procurava, apanhando-o sempre em falta, facto que o regozijava, pois as imprecações só terminavam na fogueira, ao sabor das histórias de ogres que o aterrorizavam nas noites insones, e hoje, dizia o mesmo avô, caíste em falta grave, e se a morte não te abraça aqui e agora, é porque o teu filho te espera, Não abras a boca, meu cão imundo, o que aqui vês não são as vergonhas terrenas, mas as danças litúrgicas da purificação além-tumular que os teus jamais poderão compreender, imundo! E no dia em que ousares contar o que viste da tua boca soltar-se-á a língua. Vai, corre para a enxerga do teu filho que crescerá como os outros e morrerá de velhice adiantada, desaparece, e mais não ouviu porque viu-se com o filho entre os braços trementes na palhota da sua vida, rodeado de amigos que o cumprimentavam e a quem ele agradecia, não a eles mas aos espíritos que ampararam o filho até à idade em que corria com o gado pelas savanas e estepes dos ratos que assava nas brasas da noite, comendo-os com o pai que se lambuzava da satisfação não só com a carne saborosa mas com as canecas de xicadju, nome que o sumo fermentado de caju leva, preparadas pela mulher ansiosa de ouvir do marido, já meio embriagado, as histórias das terras distantes dos baronga onde estivera tentando a sorte no vazio do asfalto das madrugadas em que carregava os baldes de merda da sua sobrevivência, Não, não serão esses cães raivosos que tirarão a vida ao meu filho...

– João!

As moscas, em acrobacias mirabolantes, repartiram os despojos do eco.

Olhou em redor. Fiapos da lua distante desabavam no solo sem o fragor da agonia. Poças de luz emergiam de espaço a espaço como crateras pós-diluvianas. As paredes escancaradas

pareciam Zimbábues dos tempos perdidos sorrindo de nostalgia ante as lianas da lua que amaciavam as feridas insanáveis das portas tumulares, dos quartos em desordem, das salas da última ceia e das varandas de pompeia dos tempos modernos. As retretes, sem o perímetro da vergonha, atiravam as bocas desconjuntadas às estalactites da lua, solicitando clientes dos rostos mais ridículos do mundo.
– João!
Silêncio. Zumbidos. Vazio.
Olha para o céu de moscas. Estava no círculo. A morte corria no círculo. O sangue esmorecia no círculo. Os espíritos corriam no círculo. Os cadáveres apodreciam no círculo. As moscas dançavam no círculo. Riam no círculo. Viviam no círculo. Comiam no círculo.
– João!
Grito sem eco. Olhar angustiado. Gestos mortos. Estou morto. Sou um fantasma. Estou entre os espíritos.
– Estou morto! – gritou. Não ouviu o grito. Não sentiu sobre os pés as tripas sem dono, as mãos decepadas, as cabeças esfaceladas, as costelas partidas, os olhos rebentando, a carne desfazendo-se, as moscas chafurdando no líquido dos mortos, o sangue em coágulos, as fezes sem cor, os lagos de mijo, o mar de vómitos, os rios de sangue. Nada sentiu. Caminhava como um fantasma. Caminhava. Caminhava.
– Pai!
Uma voz.
Estacou. Rodou o corpo.
– Quem é?
Voz moribunda.
– Sou eu.

– Quem?
– O teu filho. Estou vivo.
– Estás morto.
– Estou vivo.
– Não existes.
Silêncio. Um corpo jovem saiu duma latrina de caniços.
– Sou o teu filho João.
As mãos de Maposse tatearam o corpo jovem; os dedos percorreram o rosto e o pescoço, e detiveram-se nos ombros frágeis. Olharam-se.
– Tu não existes, João.
– Estou vivo.
– Ninguém está vivo. Estamos mortos. Somos espíritos angustiados à porta duma sepultura decente. A vida está com os outros, João.
– Outros quem?
Maposse não respondeu. Tirou as mãos dos ombros, olhou para o moço e retirou-se da zona, perseguido pelas moscas insaciáveis.

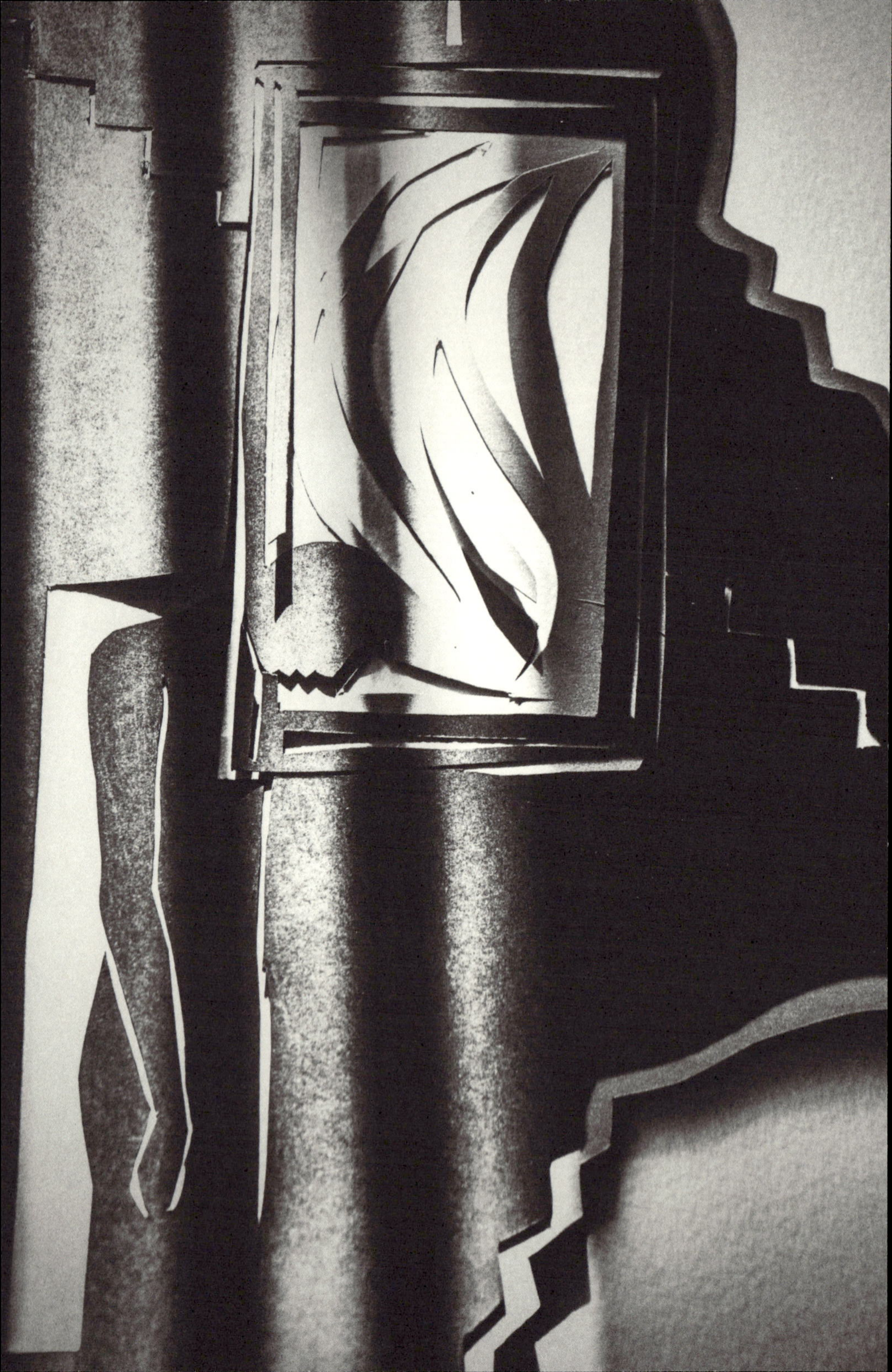

Morte inesperada

Abanaram-no com tanta insistência que a cerveja ondulou e cresceu como onda revolta, borbulhando convulsivamente até transbordar. Antes de virar o rosto o guarda pôde ver a cerveja escorrer pela mão negra, como as águas do mar manando por um promontório negro há muito espojado dos corutos escabrosos, e descer ao balcão, fluindo em várias direções, tal como as águas que correm pela terra sem a clausura das margens.

– O que é que se passa? – perguntou o guarda.

– Um homem morreu no prédio – responderam, ainda ofegantes e em coro, os dois moços que o abanaram.

– E que tenho eu a ver com isso?

– O elevador de carga entalou-o, senhor guarda.

– Porra! – exclamou.

Poisou o copo de cerveja e saiu do balcão. Limpou os lábios e ajeitou o velho casaco, oferecido por uma velha anelante em apagar a imagem do marido que ainda a perseguia em noites de insónias, ameaçando-a de morte com a mesma gravidade com que proferira a sentença macabra, à beira da morte, em tempos muito recuados, varado por uma bala que se acoitara caprichosamente na arma que resolvera limpar após anos de desuso, recordando no ato as belas campanhas de pacificação em que os pretos soltavam, desesperadamente, os arcos, as flechas e os escudos de pele que revoluteavam no espaço empoeirado, formando arcos mirabolantes e por vezes fantasmagóricos, enquanto se estiravam na planura a perder de vista, incrédulos da morte que os fulminava, soltando gritos guturais e ininteligíveis.

A bala furou o casaco entre o bolso inferior direito e as casas dos botões, penetrou no ventre, rasgou as vísceras e saiu do corpo, incrustando-se na árvore em que se encostara, ao cair da tarde, vendo as águas do rio perderem-se no mar glauco. A mulher, ao aproximar-se, com os cabelos louros revoltos e o rosto marejado de lágrimas, teve que suster o passo, pois os olhos esbugalhados e vermelhos do marido obrigaram-na a tal.

Os lábios entreabriram-se paulatinamente, e ela pôde ouvir, de forma seca, granítica, as palavras mais macabras que um homem pode pronunciar à beira da morte:

– Fixa o que te digo, mulher: no dia em que ousares receber um homem por entre as tuas coxas, estrangular-te-ei com a mesma ferocidade com que dilacero uma barata. Tu és minha e serás minha para além da morte!

Estava-se no princípio do século e ela tinha dezoito anos. Era bela. Anos depois, passada a menopausa, com as rugas a cobrirem o corpo como as larvas que se instalam num cadáver putrefato, resolveu, afligida pela predição malvada, oferecer o casaco ao primeiro desconhecido que passasse pela rua.

O guarda recebeu o casaco e remendou-o, à noite, no cubículo que lhe estava reservado, apagando por todo o sempre o mau presságio, pois nessa mesma noite, querendo festejar o fim das insónias, a velha agoirenta morreu em pleno repasto, flagelada por um enfarte, deixando o vinho escorrer pela mesa, pelas cadeiras, pelo soalho, e subir as paredes, formando teias de urdidura inexistente. Os bocados de carne e de pão e de fruta boiaram por sobre o vinho que subia de nível e saíram pelas portas e janelas como répteis pestilentos extravasando de águas paradas, em bocados disformes e pastosos. Na rua, os olhos saíam das órbitas e as bocas entreabriam-se ante os restos da lauta refeição que enchiam o jardim frontal da casa. Nessa hora, o guarda entrincheirado na cubata de dominado regozijava-se com o casaco ainda conservado, deambulando pelo exíguo compartimento e posando para um espelho imaginário. Ao aproximar-se da porta o guarda lembrou-se da cerveja que ainda estava a meio do copo. Voltou e bebeu-a de um trago.

– É desta vez que perco o meu emprego – disse, passando a mão direita pelos cabelos.

– Há mais de meia hora que o procuram.

– Mas como é que esse filho da puta se lembrou de meter a cabeça naquela janelinha sem vidro?

– Já morreu.

– Tem razão. Deve-se falar bem dos mortos. Quem é?

– É o Simbine.

– Simbine?

– Sim.

– Enfeitiçaram o homem – rematou. E apressou o passo.

Muito longe de pensar que o elevador não vinha por ter entalado o pescoço do filho, a velha começou a subir as escadas, ciciando impropérios à terra e aos homens que criaram máquinas malvadas e caprichosas. Ao chegar ao terceiro andar teve que descansar. As pernas não suportavam a ascensão dolorosa, espinhosa. Maldisse o filho que ousara viver nos céus e sentou-se por momentos, para depois levantar-se apressadamente; em torrentes contínuas as pessoas desciam, falando e gritando como os corvos crocitando ao acoitarem-se sobre os pinheiros ao fenecer do dia.

– O que é que se passa?

– Morreu um homem.
– Em que andar?
– No décimo, mamã. – E os dois moços desapareceram. E depois vieram outros, e a gritaria aumentou. A velha tentou lançar-se às escadas. O corpo não a ajudou. Em vez de se preocupar de novo com o andar sinistrado teve o cuidado de perguntar pelo nome do filho, com a nítida preocupação de não querer ouvi-lo. Ao chegar ao quinto andar, após inúmeras perguntas, informaram-na, longe de saberem que se tratava da mãe. Nada mais fez que sentar-se e esvair as lágrimas que saltavam dos olhos encovados e cansados com tal intensidade que em poucos segundos atingiram os seios flácidos, e continuaram a descer, em jorros contínuos, pelo vestido, ensopando-o e colando-o ao corpo. Minutos depois, levada pelo pressentimento infundado de que a morte tocara outra porta, subiu as escadas, recordando-se, no entanto, como todas as mães abaladas pelo infortúnio de um filho perdido em plena força da idade, do dia em que largara a enxada e percorrera, com as mãos e joelhos assentes na terra, no atalho que levava à casa, sentindo o filho bulindo no ventre. As mulheres acorreram ao seu encalço e levaram-na à cabana principal. Foi o princípio duma semana de dores intensas, ante o espanto e o medo das velhas que a largaram no fim do primeiro dia, ciente de que o demónio que carregava não mais viria, pois de tantas cenas macabras a que já puderam assistir nunca presenciaram cena igual, em que uma mulher de tanto gritar passara a uivar como os cães que pela noite adentro vão lançando maus presságios nas casas trancadas. O curandeiro, chamado a propósito, confessara, após três dias e três noites de trabalho intenso, ser incapaz de esconjurar os maus espíritos que dela se tinham apossado. E os uivos preencheram os dias e as noites até

que Simbine, no sétimo dia, assomou por entre as coxas da mãe que desmaiou no momento em que acabara de lançar um uivo tão lancinante que as pessoas que cercavam a casa enterraram as mãos e os rostos na areia branca, enquanto outras, mais distantes, atiraram-se às mangueiras que cobriam o átrio.

Terás uma morte maldita, filho, disse-lhe, anos depois, ao filho já adolescente, quando este recusava ir à escola, invocando razões já invocadas pelo avô, quando em redor do fogo que lançava chispas intermitentes à noite polvilhada de estrelas, afirmara que os pretos viveram séculos sem o quinino e o livro, e que a sua vitalidade ia de gerações em gerações, e a sua história corria na memória fértil dos velhos que habitaram estas terras antes dos homens da cor do cabrito esfolado entrarem com o barulho das suas armas, a sua língua e os seus livros.

– O tempo é outro, meu filho.

– As raízes ainda assentam na terra, mãe. Não me ensinaste há tempos que o elefante não esquece o lugar de repouso?

– Tens razão. Mas afirmei também que o que não acaba é um milagre. Deves ir à escola, filho.

– Não vou, mãe. E não te esqueças que uma galinha de poupa dá outras galinhas de poupa.

– O tambor deve estar esticado, filho.

– Não te preocupes, mãe.

E preferia correr por entre arbustos do verde sem fim, nas manhãs e tardes, como uma gazela, livre, saltando os ramos e troncos esparsos pelo chão húmido e seco, e penetrar no capim alto e verde, aspirando a limpidez do ar e ouvindo as sonatas não pautadas dos pássaros multicolores que gorjeavam, ao findar da tarde com o sol vermelho queimando as copas verdes das árvores altas e baixas que se alongavam por terras sem fim;

ou derrubava, com fúria animal, as mulheres que vinham do rio, limpas, com os seios como maçalas verdes coladas à pequena blusa molhada que não chegava ao umbigo, retirando rapidamente a capulana que punha a descoberto o corpo nu donde exalava o odor extasiante do púbis. Depois, os ramos que se quebravam e os estertores que se despegavam dos corpos misturavam-se aos trinados que enchiam o espaço incomensurável, numa harmonia inaudita. Combalidos, com os corpos ainda estirados no capim, sentiam a noite entrar, com outros compassos e outras músicas mais profundas, como que vindas das entranhas da terra. Era a hora das almas acordarem e deambularem pelas casas, atirando as suas vozes maléficas e benéficas. O meu mundo, mãe, é esta terra selvagem, dizia. É a minha escola.

Se fosse vidente Simbine não mais quebraria o juramento da adolescência, pois fora a escola, com seus mestres e os seus livros, que lhe dera a morte.

Saiu da casa às 18:10, levando livros à ilharga, após despedir-se das três mulheres e das crianças. Ao chamar o elevador viu que este, como sempre, demorava largos minutos. Espreitou pela pequena janela redonda, coisa que nunca fez na sua vida, e meteu a cabeça. O elevador vinha do décimo quinto andar num passo lento, moroso. Chamou um dos filhos. Entregou os livros e, com as mãos bem assentes na porta de ferro, tentou retirar apressadamente a cabeça. Não conseguiu. O elevador ia descendo. Quis puxar a porta. Foi um gesto infrutífero. Voltou à posição inicial. Tentou puxar de novo a cabeça. Não conseguiu. A morte encontrou-o com as veias a sobressaírem das mãos e dos braços tensos. Morreu em silêncio.

As mulheres, quando o viram, minutos depois, de pé, hirto, com as mãos atiradas à porta e um dos filhos puxando-lhe as calças e pedindo-lhe que comprasse um brinquedo visto e sonhado, desataram a chorar convulsivamente. Pensando que ainda estivesse vivo tentaram puxá-lo pelas pernas. Sentiram a frieza dum cadáver. Largaram as pernas e abraçaram-no, pedindo-lhe que as levasse.

No meio do choro e da sineta de alarme que repicava como o sino da igreja em dias de mau agoiro, os vizinhos foram surgindo, como baratas que assomam de locais esconsos, espantados. O corredor encheu-se de vozes e gritos. Chamaram pelo guarda. Procuraram-no. Não o encontraram. Deve estar a beber por um desses bares, disse um moço, no meio da gritaria e de choros. Vou procurá-lo, adiantou. E desceu as escadas, seguido por um moço amigo. Andares abaixo, sem a conhecerem, cruzavam-se com a mãe de Simbine.

Quanto mais as pessoas gritavam, o homem que estava no elevador mais tocava na sineta de alarme. Os gritos amedrontavam-no de tal modo que via a sua própria morte, muito longe de pensar que a seus pés estava um cadáver. Quando o retiraram, horas depois, jurou não mais voltar a pôr os pés no prédio. Não foi preciso tanto: a loucura tocou-o após noites intermináveis de insónias, perseguido pelo repicar da sineta e os gritos dos homens e mulheres que além das paredes de ferro soltavam palavras ininteligíveis.

E tudo por causa do maldito cigarro que resolvera comprar a um conhecido seu, depois de um dia de trabalho em que a imagem do cigarro o perseguira de tal modo que lhe entrara pela boca e percorrera os pulmões, rebentando com a caixa torácica e ofuscando a vista cansada em percorrer as letras que saltavam e dançavam, como acrobatas em plena atuação, pelas folhas do registo necrológico.

Ainda fumava o primeiro cigarro do dia quando o elevador encalhou no décimo andar. Tocou a sineta. Mexeu os botões. O elevador não se mexia. Apagou o cigarro com os pés e utilizou as duas mãos livres. Começou a gritar. O medo entrara nas profundezas da carne.

O guarda subia as escadas, ouvindo as invectivas dos moradores que com ele se cruzavam. Os olhos estavam vermelhos, como sempre estiveram, desde que há vinte cinco anos começara a beber sem medida, levado pelo infortúnio de nunca se poder casar, pois estava impossibilitado de ter relações sexuais desde o dia que ousara insultar a sua tia-avó, chamando-a feiticeira em pleno público. Era um indivíduo atarracado, de faces gordas, dedos curtos e grossos. O casaco chegava-lhe aos joelhos, e dobrava as mangas para as mãos poderem assomar. Pouco falava quando estava ébrio, e, como estivesse etilizado todos os dias, era um homem de poucas falas.

A partir do momento que saíra do bar só pensava no seu despedimento imediato, pois cometera o erro imperdoável de não aliviar a tempo a morte de Simbine. E, para ele, o grande culpado era a APIE (Administração do Parque Imobiliário do Estado) porque os avisara há já bastante tempo que deveriam colocar vidros nas janelas das portas do elevador. E quanto ao Simbine não restavam dúvidas que era feitiço. Os tempos de hoje não se prestam para viver com três mulheres, pensava. As mulheres fartaram-se do homem. É impossível que três mulheres, como as do Simbine, se entendam como três irmãs amigas. É feitiço. Ao primo acontecera algo semelhante. As duas mulheres que tinha entendiam-se tão bem que um dia o homem, com vinte cinco anos apenas, acabou por acordar com os cabelos totalmente brancos e a pele mirrada, como um velho que há muito ultrapassara os cinquenta anos. É feitiço, murmurou.

– Não é feitiço, senhor guarda, é o seu desleixo – asseverou um dos moradores que descia, incapaz de presenciar a morte.

Ao desembocar no corredor atulhado de gente e de gritos e murmúrios e choros, teve que afastar as pessoas para poder passar.

– É preciso chamar os bombeiros – disse o guarda, contemplando friamente o cadáver.

– Tem razão – anuíram alguns.

Perseguido pela sineta que não deixava de troar, invadindo as escadas e as flats e a noite pontilhada de estrelas, o guarda, com alguns homens atrás, dirigiu-se, com o seu passo de camaleão, ao último andar.

Quando o elevador iniciou a sua ascensão vagarosa, o cadáver caiu de costas, como um fardo inútil, estrondeando pelo corredor. Tinha os braços dobrados, encimados por mãos com dedos recurvos, como as garras dum corvo. O maxilar inferior adiantara-se da face, mostrando os dentes totalmente cobertos de sangue seco e por secar, que escorria por entre os intervalos dos dentes, desaguando nos lábios como um rio que se atira ao mar em vários braços. As faces do rosto estavam tensas, e os olhos emergiam, enormes, ocultando as pálpebras. As pupilas estavam cobertas de sangue que extravasava em filamentos que corriam pelas faces como escarificações feitas anarquicamente por um sádico no rosto humano.

As pessoas que rodeavam o cadáver permaneceram em silêncio durante segundos que se tornaram séculos, contemplando a morte e o horror da morte até que os choros das mulheres desembocaram de novo no corredor. Levaram-nas para a flat. O guarda pediu uma capulana para cobrir o cadáver. Os bombeiros apareceram com os seus instrumentos. O rosto crispado, e os olhos desorbitados, e o sangue seco desapareceram por baixo da capulana azul e preta. E algures, por esse amontoado de cimento, a vida corria com a sua carga de morte, e a lua nascia, fragmentada, luminosa.

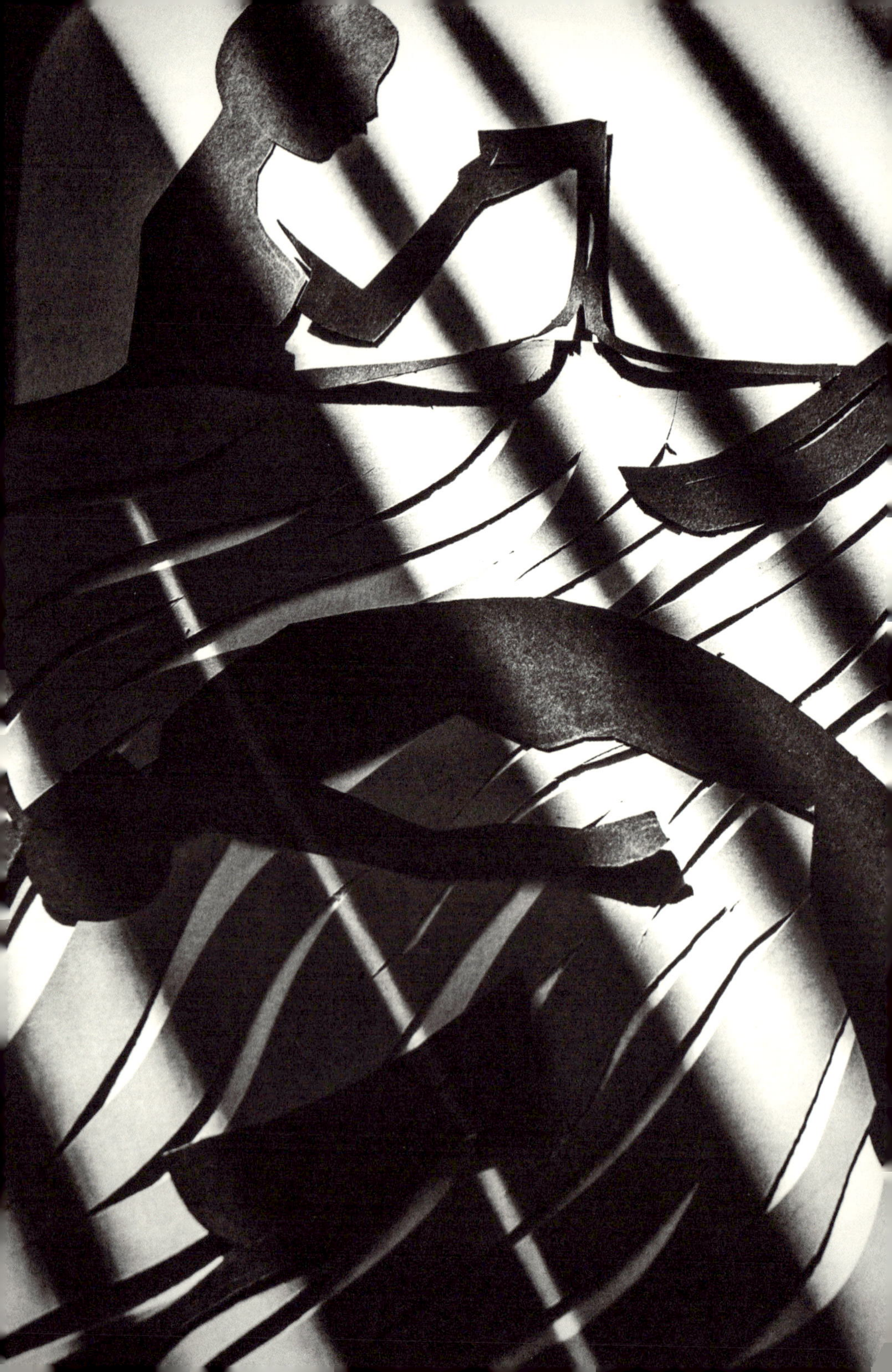

O exorcismo

I

Reunidos à beira do rio, e em poses indescritíveis, os homens tiraram as balalaicas da disciplina, os fatos do poder, as medalhas da luta e do trabalho, e envergaram as tangas da ancestralidade, em sinal de respeito e anuência aos espíritos antigos e recentes, evocados em preces intermináveis pelo curandeiro que desceu a montanha, acompanhado pelo séquito de ajudantes e neófitos nesta matéria única do saber não-escrito, a pedido do administrador que recusava aceitar o desaparecimento repentino do filho nas águas que o levaram na tarde de uma quinta-feira, dia em que Hanifa, mulher esbelta e de ancas fartas e seios túrgidos, descia ao rio na hora em que os relógios marcavam as dezasseis horas, com intuito de executar o trabalho de todas as semanas ante o olhar trémulo e fugidio de Pedro, razão das preces, não só pelo desaparecimento, mas por estar assente entre os homens que o viram nessa tarde fatídica e em todas outras tardes de que há memória que o caso devia-se à irritação das almas ancestrais que o viam, silencioso, contemplando as ancas fartas e as nédias coxas que se colavam lubricamente à capulana molhada da moça que sorria e enchia, sem a precipitação simulada das mulheres que sentem a presença incómoda dos homens, a bilha encostada à linha de suicídio das ondas, com ajuda de uma concha feita de casca de abóbora, enquanto aguardava um gesto, um movimento, uma palavra, um sorriso, um olhar convidativo que ligasse o céu e a terra no corpo único do prazer de todos os séculos da tarde interminável de quinta-feira de todas as semanas que Pedro, sorumbático, recusava desencadear, o que irritou as almas, porque, segundo afirmavam os homens, os nguluves, nome que os espíritos levam nestas terras bantu, teriam dito que esta não é terra e muito menos o continente onde o prazer é satisfeito em sonhos e ideias, mas uma terra de machos que não largam o coelho quando o atiçam, e mais não disseram, pois a irritação era tanta que Pedro viu, nessa tarde memorável, a concha desprender-se da mão da moça e mergulhar nas águas, obrigando-o, em impulsos inexplicáveis, a persegui-la, em braçadas contínuas, até que a concha e a mão se abraçaram, a meio do rio, local onde as almas se reúnem em noites de tempestade e luar.

II

Hanifa, curvada sobre as águas do rio, esgravatou a terra molhada, expôs ao céu e às águas os seios eretos, desgrenhou as lianas que se entrecruzavam na cabeça como uma possessa, olhou com olhos de suicida as águas sem cheiro de cadáveres, tirou as capulanas do pudor, voltou ao dia primeiro, gritou como nunca, aspirou o oxigénio da vida, e chorou cruelmente. As lágrimas, misturando-se às águas que brigavam com a margem, subiram a pequena ladeira e correram, loucas, em fios dispersos, por entre atalhos que desembocavam na principal avenida da vila. A terra, solta e seca, humedeceu. O vento, sempre calmo, mudou de direção e atirou-se às terras mais felizes. Os homens, preocupados com as carências mundanas, não ligaram às águas que formaram um fio único que correu, célere, em direção à administração, pois tudo o que era anormal entrava na lógica dos dias e das noites da morte e do desespero.

O secretário da célula, com um fato de mordomo, ensaiava um discurso alusivo ao dia dos heróis vivos e mortos, na varanda do poder, quando sentiu as águas à altura dos artelhos. Sem espanto, e com a morosidade das jiboias, interrompeu o ensaio e disse com toda a sinceridade que a militância lhe permitiu: reacionários, inimigos da revolução.

As águas, alheias à comunicação humana, entraram pelos gabinetes da burocracia, espantaram os serviços estancados pela canícula tropical, e acercaram-se do gabinete do chefe. O administrador, com a balalaica totalmente desabotoada e os pés assentes sobre os sapatos com a dimensão de sapos de épocas perdidas, despachava processos dos candongueiros de ratos selvagens, dos adúlteros impotentes e dos poços sem água, com o polegar da mão direita, o mesmo que servia, com o apoio do indicador, para limpar o ranho que teimava sair das narinas coloridas de azul, quando se apercebeu de que algo estranho se passava. As águas, como larvas em cio, invadiram o corpo obeso e cobriram a secretária, tornando indecifrável os processos de prostitutas em regime de reeducação e dos candongueiros de ratos selvagens.

– O que é que se passa?

– O seu filho desapareceu, senhor administrador, – respondeu um funcionário que irrompeu pelo gabinete adentro com mesuras do tempo de Changamire Dombo.

– Como?

– O rio levou-o, camarada...

– Porcaria de vida!

Caminhando com as meias por onde despontavam os dedos como cabeças de tartarugas espantadas com a clareza do mundo, e a balalaica mostrando o relvado desordenado da savana entregue aos dissabores da devastação amorosa dos herbívoros insaciáveis, o administrador percorreu os gabinetes dos regulamentos e das palavras de ordem em busca dos polícias que jogavam damas debaixo das árvores, longe da esquadra e dos locais de vigília.

– Chamem-me esses, esses...

Minutos depois, por vontade e ordem do administrador, os homens e as mulheres saíram dos gabinetes e das residências e bares e bazares legais e clandestinos e em todos os outros locais onde pudessem estar, incluindo as retretes e as casas de banho sem teto. E durante cinco dias e seis noites, as canoas em uso e desuso, cortaram as águas em todas as direções possíveis, e o mais que puderam encontrar foram os ossos do primeiro colono que morreu de uma diarreia crónica, as armas enferrujadas de encher pelo cano, a primeira dentadura postiça que circulou na boca de um preto que se orgulhava do nome João Merda, as polainas dos caçadores de pretos revoltados, as lanças de cabo curto que os nguni reivindicaram a patente, séculos depois dos aborígenes as terem inventado, e outros objetos sem nomeação nas línguas correntes, pois pertenceram às comunidades que falavam o bantu primitivo.

Disse-te, Pedro, pensava o administrador, goza esta vida, eu sou chefe, tenho o poder, as ordens são acatadas por mais de quinze mil almas; os homens e as mulheres lambem-me os pés como cães carentes de afeto... dei-te tudo, Pedro, as mulheres mais belas perfilaram a teus olhos, e tu nem quiseste... meu filho único, órfão de mãe, uma mãe que choraria se te visse a correr como um cão atrás dessa, dessa, dessa..., ai, Pedro, quantas vezes, mas quantas, quantas não foram as vezes que te disse que esses tipos mudam os chefes quando lhes dá na gana, e por isso goza, meu filho... e tu, parvo que foste, deixaste-te levar por essa.

E foi neste turbilhão de pensamentos desencontrados que os homens da procura, meio desfeitos pelas águas e pelo cansaço, o encontraram: os cotovelos rasgando as coxas, a cabeça sustida pelas mãos calosas, o cabelo desgrenhado, o rosto contrito, a velhice despontando. Estava sentado no mesmo local onde o filho sempre se sentara.

– Não o encontrámos, camarada administrador.
– É impossível.
– Procurámo-lo pelo rio todo.
– E como é que o corpo não apareceu?
– Os crocodilos devem tê-lo comido.
– E o sinal?
– É verdade. O sinal não apareceu. Mas não seria melhor chamarmos o curandeiro?
– Quem?
– Simamba.
– Chamem-no. Mas... esperem aí.

Soergueu-se. Limpou as calças. Aproximou-se dos homens que o olhavam com a inocência das lebres em zoos carentes de erva e disse:

– Não quero cartas de leitores nem relatórios falsos às estruturas centrais. O que vamos fazer aqui não deve sair deste distrito. Não quero ouvir histórias. Não quero intriguistas, boateiros, reacionários, contrarrevolucionários, inimigos da pátria, ouviram? Aqui não entra superstição, curandeirismos! O que vamos fazer, camaradas, enquadra-se nas experiências revolucionárias. Entenderam?

– Entendemos, senhor administrador.
– E não basta que vocês entendam, é necessário que expliquem isto aos vossos irmãos, às vossas mulheres, aos vossos filhos, e aos conhecidos e desconhecidos. E digam-lhes claramente que vamos fazer uma grande experiência revolucionária com base nos recursos locais. Ouviram?
– Ouvimos, camarada administrador.
– Ide – concluiu. E suspirou profundamente. A noite entrara. A lua corria. Hanifa, envolta nas capulanas do desespero, contemplava as águas que levaram o homem com quem sonhara partilhar para todo o sempre o seu leito de solteira na cabana entregue às melodias do vento tropical que entrava pelos interstícios de palha e adobe, escorrendo depois pelo corpo em convulsões de amor, de ânsias, de desejos, enquanto a imagem amada lhe entrava pelas carnes, levitando-a do espaço da desgraça. O administrador, repousando a cabeça entre as mãos, deixou que a noite e a lua entrassem no corpo devastado pelas insónias e o levassem ao mundo da infância.
Hanifa chorava mansamente.
As fogueiras alteavam-se desordenadamente na margem direita.
O silêncio cobria a noite.
As águas pelejavam com a margem.
A vila estava de luto.

III

– Peço-te como pai e chefe destas terras, tira o meu filho das águas.
– Não precisas de evocar a tua responsabilidade. Terás o teu filho.

– Confio em ti, Simamba.
– É o teu dever.
Dizendo isto, e depois de obrigar os homens a voltarem à ancestralidade dos séculos inominados, o curandeiro espargiu líquidos desconhecidos ao longo da margem direita e iniciou, ao som do tantã que rasgou a tarde, a dança primeira e iniciática destes ritos que não têm equivalente nas culturas de outros mares, acompanhado pelas dezenas de neófitos que se espalharam, ao longo da margem, incitando os batuqueiros que não tiraram, durante a tarde e parte da noite, as mãos da pele ressequida dos batuques que chamaram das profundidades aquáticas os sáurios das famílias presentes e ausentes que se perfilaram ao longo da margem direita, não porque nela estivessem os homens e as mulheres, mas por ser verdade que a direita foi e é a ala do respeito e da insuspeita bondade, facto assumido pelos crocodilos que saíram despreocupados, espalhando-se depois, como ficou dito acima, ao longo da margem, numa extensão que levava uma manhã de percurso, o que obrigou as dezenas de neófitos a distribuírem-se apressadamente pelos crocodilos, enquanto o curandeiro, num passo de ballet da época dos dinossauros, caminhava de crocodilo em crocodilo, interrogando-os numa língua que existiu antes dos bantu poisarem nestas terras com as regras de chefia e de bens e rezas para a vida e a morte.

Pela noite adentro os batuques deixaram de troar. O curandeiro, transportando no corpo e no espírito os segredos das águas, regressou mais revigorado. Os homens sonecavam, encostados às árvores. As mulheres contavam histórias que ninguém ligava. As estrelas brilhavam. A lua crescia no espaço livre de nuvens. Hanifa, com um olhar de morta, contemplava as águas que reluziam, silenciosas. As peles dos tambores sustinham as

cabeças dos batuqueiros. As fogueiras esmoreciam no meio dos sussurros. O administrador, com os olhos injetados de sangue, aproximou-se de Simamba.
– Traz os papéis do teu filho.
– Está vivo?
– Terás a resposta amanhã.

Perante a secura de Simamba, o administrador, num lampejo de clarividência, tomou consciência, pela primeira vez, da sua figura ridícula, da sua subserviência a poderes ocultos e da sua incapacidade em rebelar-se às forças ocultas. Olhou para a tanga, para as meias esburacadas, para a floresta que emergia no tronco e para a montanha erguida pela cerveja. Mais solitário do que nunca, e num passo de camaleão ferido pela morte, subiu a pequena ladeira e caminhou em direção a casa, seguindo o sulco aberto pelas águas da advertência. A noite, o vento, as árvores que abriam os tentáculos à lua que sorria, os gatos que circulavam, silenciosos, os cães rafeiros em redor de cadelas da terceira idade, as luzes da vila que espalhavam vómitos de bêbados ausentes, as casas trancadas a sete chaves, a vila fantasma, os sussurros distantes, não o preocupavam, pois em nada pensava. Caminhava como um sonâmbulo, uma máquina teleguiada que só parou defronte das aldrabas do palácio colonial, um edifício construído sob as ordens de um administrador que tinha a mania de mandar enterrar as unhas em campas da dimensão de ratos famintos e onde inscrevia as iniciais dos amores ofertados pelas negras de sorrisos de platina. E tal era a profusão de campas que os que o procederam pensaram que fossem calçadas que os levassem à ilha dos amores cantada por um zarolho famoso.

Ao raiar da manhã de quinta-feira, e no meio dum cacimbo

persistente, o administrador, desfeito pela noite insone, poisou aos pés do curandeiro a montanha de papéis que identificavam o filho como cidadão da pátria dos papéis que enchem as paredes das salas, da cozinha, dos quartos e casas de banho, obrigando os cidadãos a defecarem com os requerimentos da vida e da morte à ilharga. O curandeiro, sem olhar para o administrador, pegou nos cinco quilos de papéis vários e queimou-os. A chama elevou-se pelos ares da manhã e o fumo, em novelos espaçados, dirigiu-se às águas no momento em que o tantã acordava os espíritos adormecidos nas escamas dos crocodilos que choravam, enquanto abanavam as caudas em movimentos contínuos e compassados.

A terra estremeceu desde os alicerces insondáveis. A lua desapareceu, assustada. O sol apareceu cheio de ramelas. Os homens e as mulheres, de costas para as águas e em poses apocalípticas, aguardavam o sinal do curandeiro que dançava, emitindo sons incompreensíveis.

Ao cair da tarde os batuques deixaram de troar. O suor escorria para as águas, salgando-as. Os crocodilos deixaram de chorar. O curandeiro, exausto, ajoelhou-se, passou as mãos pela fronte, ajeitou os adereços, endireitou os chocalhos, e esperou, silencioso. Os homens e as mulheres levantaram-se vagarosamente e viraram-se. Os crocodilos aproximaram-se das águas. A tarde fugia.

Sensivelmente a meio das águas, como que vindo de espaços interestelares, o corpo de Pedro flutuava na posição que os mortos levam nas tumbas cristãs. O curandeiro, admirado e intrigado, pediu apressadamente uma canoa.

Em número de quatro as canoas cortaram as águas em direção ao corpo que flutuava sem o peso e a cor dos afogados. À medida que se aproximavam do corpo os homens não puderam conter o grito de espanto ao verem um fio de sangue cortando as águas.

Limpo, nu, sorridente, e sem ares de afogado, Pedro tinha um sinal de sangue recente na testa brilhante. A morte tocara-o havia momentos. E quando o içaram sentiram-no tão leve que todos pensaram que estivesse de férias nas planícies lunares.

E na margem, entre as pedras, um nado-morto jazia sem olhos e sexo. Hanifa, estendida de costas e com os braços e as pernas abertas tinha o semblante de uma diva. Estava morta.

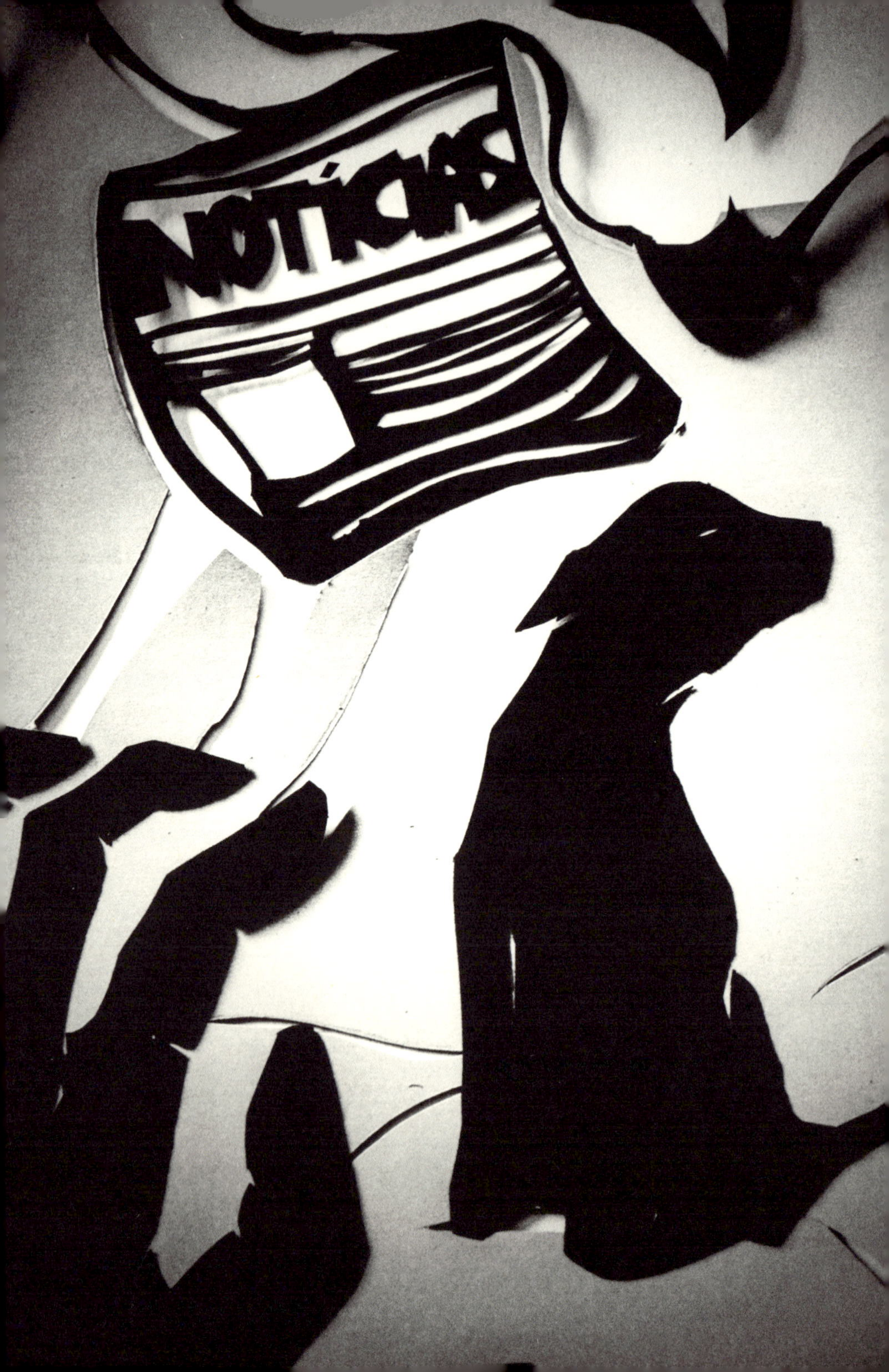
NOTÍCIAS

A revolta

I

Periferia da vila. Casas maticadas. Fogueiras titubeantes. Cães latindo. Céu cor de cinza. Pássaros de cantos tristes. Bilhas partidas. Carreiros de fezes amassadas pela cacimba. Carreiros de fezes amassadas pelo orvalho. Estendais de roupas neolíticas. Portas com dobradiças de borracha. Manipansos da cor de leprosos espantando-se nas árvores sagradas. Cicio de vozes. Choro de crianças. Cachimbos de bambu. Fumo em novelos toscos. Velhos enrodilhados em mantas gastas. Cacimba espessa. Rostos apreensivos. Cinco horas da manhã.

– O coelho não dança de alegria em dois lugares.

Frase anónima. Atemorizante. Vaga. Inlocalizável. Grave.

As mulheres, pressentindo o mau augúrio, e com a serenidade dos dias de angústia estampada nos rostos, desfiavam os rosários das recordações recentes e antigas na vã tentativa de encontrarem outra desgraça que não a pobreza de séculos aferrada às palhotas da tristeza. Os homens, com as córneas sulcadas de estrias vermelhas, não viam outro sinal pecaminoso fora a língua viperina que o álcool liberta em noites delidas na memória da ressaca.

– A desgraça tocou o cimento.

– Deitaste água na fervura.

Silêncio.

Os cães recolhiam aos canis imaginários. A cacimba levantava o seu véu com meneios de uma puta neófita. As rolas trauteavam tristes melodias que evocavam a desgraça milenar exposta nos ossículos da negritude. As velhas sorriam maldosamente, mostrando os destroços das fortificações dos trinta e dois toros dos tempos áureos das grandes pelejas diárias contra herbívoros inocentes das savanas tropicais. Os velhos, de bochechas contritas, chupavam cachimbos de bambu. As mulheres atiravam achas ao fogo trémulo. As crianças gatinhavam, as mães preparavam as bilhas, os rapazes limpavam as ramelas, os homens, apreensivos, olhavam para a grande avenida assimétrica: papéis, folhas secas e verdes, cacos de garrafas, carros a manivela encostados aos postes com lâmpadas emitindo luzes de pirilampos descontrolados, vivendas coloniais, bulício de criados limpando jardins de relva amarela, milicianos com armas de encher pelo cano vigiando o latir de cães indisciplinados, árvores sonolentas, palácio do administrador.

II

– Já viste?
– O quê?
– Olha!

A folha do jornal *Notícias*, empurrada pelo vento benigno das manhãs tropicais, subia, degrau a degrau, a escadaria das traseiras do palácio. O administrador, extasiando-se com o ritmo, a suavidade do movimento, a beleza do ondular e outros adjetivos que para aqui não vêm a propósito, acompanhava a ascensão undosa da folha do *Notícias*, sentado na cadeira de baloiço. Trazia um roupão cor de vinho e umas pantufas que mais se pareciam com o dorso de uma ovelha tosquiada por cegos. Era de meia altura e balofo. Na mão direita pendia um cigarro palmar com a cinza rogando a queda. A mulher, envolta em capulanas, e com a obesidade das mulheres austrais, olhava sem graça a folha que subia, degrau a degrau.

Ao atingir o cimo dos degraus a folha revoluteou como que à procura do alvo. O administrador sorriu. A mulher afastou-se do local. Os patos grasnaram no pátio. Os cães, em uníssono, latiram. Os pássaros fincaram as patas nos ramos de todos os dias. As folhas das árvores deixaram de saudar a manhã. O sol subia. E os homens, na periferia do sofrimento, olhavam para a grande avenida.

– Maaas... o que é isto?... Maria!
– O que é que foi?
– Olha! – Boca aberta. Mãos trementes. Pés fora dos chinelos. Dentes amarelos. Cabelo riçado. Olhos pandos.
– Calma.
– Eu lixo esses filhos... António!
– Patrão.
– Quem fez isto?
– O quê, senhor administrador?
– Isto!
– Não sei, patrão.
– Não sabes... Vai... Não!... Anda cá.
– Sim, senhor administrador.
– Manda os milicianos convocar a população.
– Está certo, patrão.
– O que é que vais fazer, João?
– Não é da tua conta.
– Mas vais convocar a população só por causa deste papel?

– Só?... Sabes o que estás a dizer, Maria?
– Não.
– Então cala-te!
E desapareceu no interior do palácio. Dele ficaram as pantufas, a cadeira de baloiço, a marca dos pés húmidos, a beata do cigarro, a cinza em pequenas ilhas, a fúria suspensa nas traves do teto, e a folha do jornal *Notícias* presa à cadeira de baloiço.

III

O que ficou na memória da população, passado o dia da revoada de palavras nunca ouvidas, foi pouco, se entendermos por pouco os gestos, a essência do ato, a incredulidade dos presentes, o latir endiabrado dos cães vadios, e a pose cerimonial que remontava dos tempos do império do Monomotapa.

A população, concentrada no grande pátio da administração, aguardou, inquieta, pela chegada do herói do distrito. A demora, própria das ocasiões solenes, não a perturbou, habituada que estava, desde os imemoriais tempos, a reverências e esperas. O que a preocupava era a razão do ato num dia não tabelado na História dos atos.

– Quando as abelhas estão bravas escondem o mel.
– Não avances com palavras ocas, irmão.
– Mas o que é que ele quer?
– As novidades não dormem no caminho.
– Cala-te!

Macacos, cães, filhos mal-paridos, agora vão ver quem sou eu, dizia para si o senhor administrador, à medida que caminhava em direção à sede, perante o silêncio cético da população em ver o herói do distrito com as pantufas arrastando a areia solta, a camisa desabotoada, o cós das calças desapertado, as medalhas da heroicidade e do trabalho tinindo como nunca, o olhar felino rasgando a terra e o céu, e o monólogo subindo de tom. Eu, herói de todos os tempos, eu, chefe desde os tempos da luta, eu, militante da independência e da construção, não irei permitir que esses reacionários, cobardes, inimigos da pátria, vendilhões de princípios, assassinos da ética, me façam tal afronta!... Hoje irão ver quem sou eu, João Sabonete Meleco, filho de Meleco, homem da clandestinidade não registada, herói de quem herdei esta entrega total à causa da pátria e da construção. E foi com este desabafo, com esta fúria incontida, que o administrador foi arrastando os pés até à tribuna dos comícios de sempre, seguido pelo criado António que, vestido a rigor, segurava uma salva de prata com as mãos enluvadas.

O espanto foi total. Os murmúrios subiram de tom. O sol brilhou mais. As acácias recolheram as suas sombras. Os cães encolheram os rabos. Os olhares cruzaram-se. E o administrador, sem os preâmbulos dos vivas e abaixos, passou o olhar felino pela população concentrada e perguntou no tom grave de todos os dias:

– Eu sou merda?

O sol atingiu o zénite. As nuvens procuraram outros espaços. O vento adormeceu no limbo das árvores. Os corpos endureceram. As retinas, como uma tela, fixaram, em definitivo, os gestos furibundos do administrador que não se cansava de repetir a frase maldita, sem, como é óbvio, se preocupar com as leis mais coesas da comunicação social.

– Eu sou merda?

Ninguém respondeu. Mas entre a população alguém sussurrou, afirmando que sempre se arrancou o espinho donde ele picava, ao que outros retrucaram dizendo que a quem pergunta o caminho deve-lhe ser mostrado, opinião não acatada por muitos, pois afirmavam eles que a gazela mata-se no lugar onde dorme, dito que o administrador não ouviu e nem podia ouvir, ciciadas que foram as frases no meio da ira do chefe que se limitava a vociferar, sem se preocupar em espremer o tumor, facto que levou os mais idosos a tossirem indiscriminadamente. E este ato, por si revelador, fez com que o administrador chamasse o criado António. Em seguida, e num gesto brusco, retirou da salva de prata a folha do jornal, desdobrou-a, e mostrou-a à população. Os que longe estavam não se aperceberam da razão do silêncio repentino, mas a estupefação dos das primeiras filas levou-os a afinarem os olhos, e aí, sem grande esforço mental, aperceberam-se da gravidade do caso, pois é inadmissível que façam do retrato dum herói um simples e execrável papel higiénico, ideia aceite por todos, ou quase todos (sabendo nós que duvidosas são as ideias unânimes) que viram a imagem do chefe borrada por excrementos de desconhecida origem.

– Eu sou merda?

O silêncio foi total.

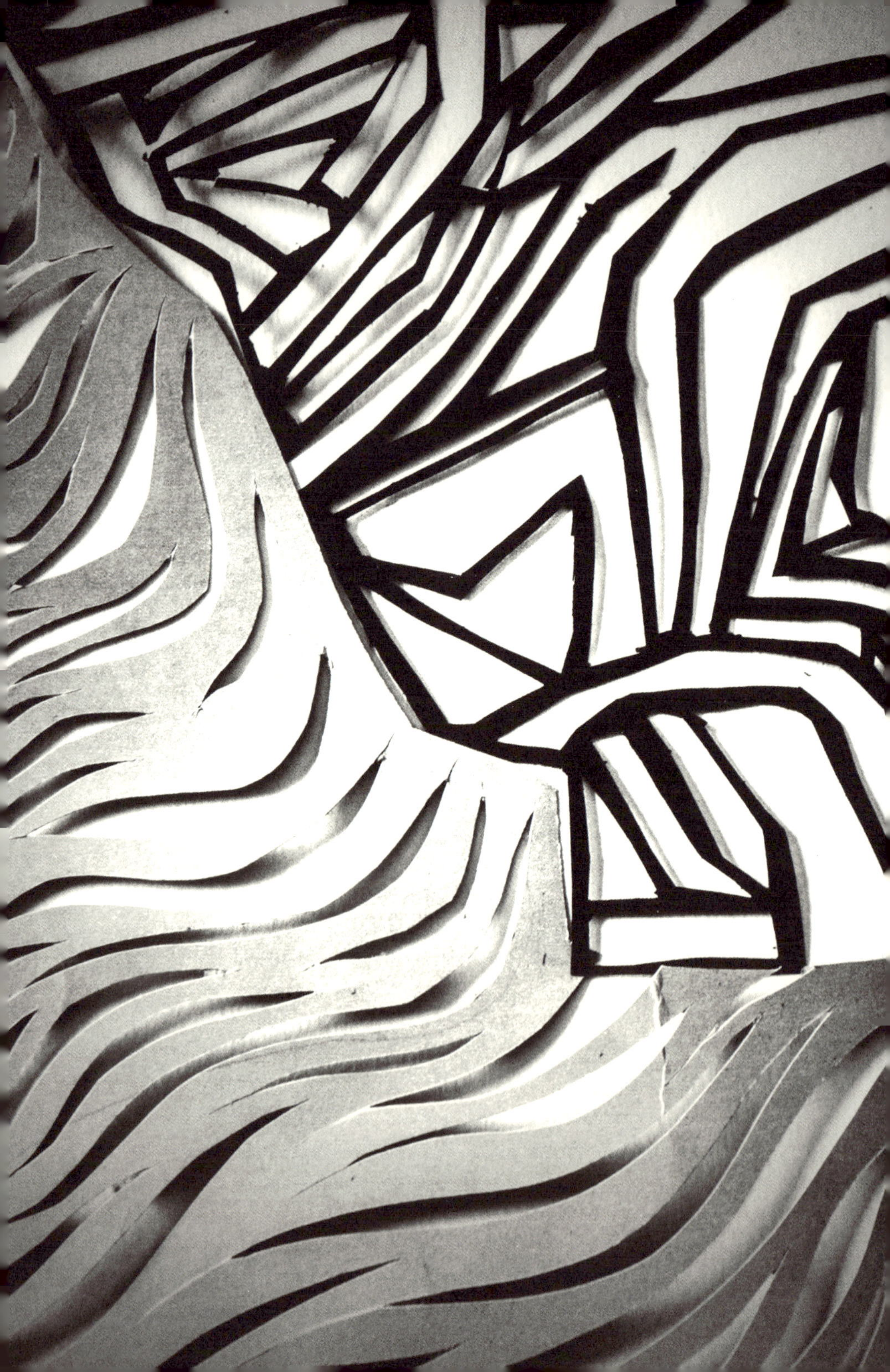

Fábula do futuro

Apesar dos seixos, dos cascalhos das margens, tentarem raivosamente travar o movimento das águas, elas correm, límpidas, belas e, como mulheres esbeltas, saracoteiam maviosamente as ancas, deixando as margens comidas pela inveja e os seixos desprovidos de ódio.

Adiante, sempre contumazes, os troncos atiram-se às águas tentando desviar o curso construído com suor. Em remoinhos sonoros, vibrantes, as águas transpõem e arrastam consigo os vários obstáculos com sorriso prateado, reluzindo à superfície.

E o mar, sempre aberto, eis que a todos recebe: é o estuário que engolfa, é o delta que se atira desordenadamente, é a escória que se infiltra. E nesse movimento contínuo, perene, nunca se alterou a cor das águas do mar, as suas ondas, a sua coqueluche. É a democracia na natureza.

Glossário

B
bangas (banghas): festas.
Bantu: grande grupo etnolinguístico localizado na África subsaariana, englobando mais de 400 grupos étnicos.
baronga (varonga): indivíduo pertencente ao grupo linguístico ronga.
bóer (boer): indivíduo descendente de colonos holandeses.
bula-bula: conversa sem importância, para passar o tempo.

C
canhu: bebida fermentada da fruta canhu.
capulana: pano colorido, muito comum em Moçambique, com o qual as mulheres enrolam o corpo.
chikulo: contrabaixo das marimbas (Mus.).
chilanzane: soprano (Mus.).
coruto: ponto mais alto da cabeça; cocuruto.

D
debiinda: baixo (Mus.).
dole: tenor (Mus.).

K
kululeko (khululeko/nkululeko): independência.

M
maçala (massala): fruto silvestre comestível (*logamiaceae, stychnoos spinosa*).
machamba: terreno agrícola para produção familiar.
mamana: senhora de idade.
Monomotapa: império que se situava no território do atual Zimbábue, ao norte de Moçambique, na região Sul do rio Zambeze, entre o planalto do Zimbábue e o Oceano Índico; chefe desse império.

N
nguluves: espíritos dos antepassados.
Nguni: grupo etnolinguístico originário da África do Sul.

O
ogre (ogro): gigante que come crianças nos contos de fadas; bicho-papão.

R
régulo: chefe tribal.

T
tinlhoko: nome que o servo leva na língua tsonga.
Tsonga: indivíduo pertencente ao povo Tsonga (grupo etnolinguístico formado pelas línguas ronga, changana e matsua).

U
uanhenguiano: de Uanhenga, escritor angolano. *Discurso uanhenguiano:* discurso bonito, belo.

X
xicadju: sumo fermentado de caju.
xirico: variedade de canário africano de cor escura; rádio portátil.

O Autor

UNGULANI BA KA KHOSA é o nome tsonga (grupo étnico do sul de Moçambique) de **Francisco Esaú Cossa**, que nasceu a 1º de agosto de 1957, em Inhaminga, distrito de Cheringoma, província de Sofala, Moçambique. Professor de carreira, exerceu funções importantes em Moçambique como as de Diretor do Instituto Nacional do Livro e do Disco (INLD) e Diretor Adjunto do Instituto Nacional de Cinema e Audiovisual de Moçambique. Durante a década de 1990, foi cronista assíduo de vários jornais. Atualmente exerce as funções de Diretor do INLD e Secretário-geral da Associação dos Escritores Moçambicanos (AEMO).

Obras

- *Ualalapi*. Associação dos Escritores Moçambicanos, 1987; Nandyala, 2013.
- *Orgia dos loucos*. Associação dos Escritores Moçambicanos, 1990; Alcance, 2008; Kapulana, 2016.
- *Histórias de amor e espanto*. Instituto Nacional do Livro e do Disco, 1993.
- *No reino dos abutres*. Imprensa Universitária, 2002.
- *Os sobreviventes da noite*. Texto, 2005.
- *Choriro*. Sextante, 2009.

- *O rei mocho*. Escola Portuguesa de Moçambique, 2012; Kapulana, 2016.
- *Entre as memórias silenciadas*. Texto, 2013.

Prêmios

- 1990 – Grande Prémio de Ficção Narrativa: *Ualalapi* (1987).
- 1994 – Prémio Nacional de Ficção: *Ualalapi* (1987).
- 2002 – um dos 100 melhores romances africanos do século XX: *Ualalapi* (1987).
- 2007 – Prémio José Craveirinha de Literatura: *Os sobreviventes da noite* (2005).

fontes	Colaborate (Carrois Type Design)
	Seravek (Process Type Foundry)
	Gandhi Serif (Librerias Gandhi)
papel	Pólen Bold 90 g/m²
impressão	Pancrom Indústria Gráfica